初學記卷第八

州郡部

錫山安國校刊

揔敘州郡第一

【敘事】河圖括地象曰天有九道地有九州天有九部八紀地有九州八柱崑崙之墟下洞含右赤縣之州是爲中則東南曰神州正南曰迎州（一曰次州）正南曰戎州正西曰拾州中央曰兾州西北曰柱州（一作括州）正北曰玄州（亦曰宮州又曰齊州）東北曰咸州（一作薄州）正東曰陽州天下九州内效中域以盡地化鄒子曰中國於天下八十一分居其一分耳中國名赤縣赤縣内自有九州禹之九州是也不得爲州數中國外如赤縣中者謂之九州也有裨海環之如一區中者乃爲一州如此者九乃有大瀛海環其外天地之際焉河圖括地象曰崑崙東南地方五千里名神

州中有五山帝王居之尚書曰禹別九州九州攸同堯遭洪水使禹治之至舜即位分冀州爲幽州并州分青州爲營州始置十二州禹受命復爲九州殷湯受命因夏九州也河圖曰九州殊題水泉剛柔各異青徐角羽集寛舒遲人声緩其泉■以■荆楊角徵會氣漂輕人声急其泉酸以苦梁州商徵接剛勇漂人声鶱其泉苦以辛兖豫宫徵合平静有慮人声端其泉甘以苦雍冀合商羽端駃烈人声捷其泉辛以醎

輿地志曰至周成王時周公作輔定官分職改禹九州以徐梁合之於青雍分冀州之域爲幽并二州大司徒之法五黨爲州職方氏掌天下之地辨九州之國保章氏掌天文以星土辨九州之地所封之國皆有分星以視吉凶秦始皇并天下分置三十六郡三十六者三川河東南陽南郡九江鄣郡會稽潁川碭郡四水薛郡東郡琅邪齊郡上谷漁陽右北平遼東代郡鉅鹿邯鄲上黨太原雲中九原鴈門上郡隴西北地漢中巴郡蜀郡黔中長沙凡三十五與内史爲三十六郡郡各領縣縣萬戶已上爲令減萬戶爲長平百越又置四郡閩中南海桂林象郡合四十郡郡置一守一丞兩尉以典之監侍御史掌監諸郡漢有天下王侯郡國並置焉迄于平帝戶口繁息凡新置郡國六十七與秦三十六合一百三改周雍州曰涼州復置夏之徐梁二州而改梁曰益北置朔方南有交阯別置二刺

史凡十三部涼益荊揚青豫兗徐幽并冀十一州交阯朔方二刺史合十三部刺史十三人各掌一州
續漢書郡國志曰光武中興命并省郡國明章
和至于順帝凡郡國一百五仍爲十三部河南尹河東弘
農京兆尹左馮翊右扶風司隸校尉所部也頴川汝南梁国沛
国陳国魯国豫州刺史所部也魏郡鉅鹿常山国中山国安平
国河間国清河国趙国勃海冀州刺史所部也留陽東郡東平
国任城国太山齊北国山陽濟陽留州刺史所部也東海国琅
邪国彭城国廣陵下邳国徐州刺史所部也濟陽南平間原樂
北国北海国東萊齊国青州刺史所部也南陽南郡江夏零陵
桂杜陽武陵長沙荊州刺史所部也九江丹陽盧江會稽吳郡
豫章揚州刺史所部也漢中巴郡廣漢蜀郡揵爲牂牁越嶲益
州永昌廣漢属国蜀郡属国揵爲属国益州刺史所部也隴西
漢陽武都金城安定北地武威張掖酒泉燉煌張掖属国居延
属国涼州刺史所部也上黨大原上郡西河五原雲中定襄鴈
門朔方并州刺史所部也涿郡廣陽代郡上谷魚陽北平遼西

遼東玄菟樂浪遼東属国幽州刺史所部也南海蒼梧鬱林合
浦交阯九真日南交州刺史所部也縣邑道侯国千一百八十
一戶六百六十九萬八千六百三十一口四千九百一十五万
二百二十至桓帝又置三郡高陽高涼博陵是也霊帝又置三
郡南安鄱陽盧陵是也
括地志曰魏武輔正吳蜀三方鼎跱
疆場不定漢建安中置郡十二新興樂平西平新平略陽陰平帶方譙郡
樂陵章武南陽襄陵是也又省上郡朔方五原雲中定襄漁陽盧江等七郡
文帝受禪又置七
郡朝歌陽平弋陽魏興新城義陽安豐是也
明帝置六郡平公孫度得遼西遼東帝方玄
菟樂浪又置上庸一郡
少帝又置平陽一郡并得漢舊郡國
五十四平蜀得二十郡劉備初置郡九巴東巴西梓潼江陽文山漢嘉朱提雲南涪陵
并得漢舊巴郡廣漢犍爲牂牁越嶲益州漢中永昌南安武都是也
晉太康平吳之後天

下一統平吳得州四交廣荊揚也郡四十三孫權置臨賀武昌朱崖新安廬陵五郡孫亮又置臨川臨海衡陽湘東四郡孫休置天門建平建安合浦四郡孫浩置始安始興邵陵安成新昌武平九德吳興東陽桂林滎陽等十一郡因立宜陽一郡并漢十八郡合四十三郡凡州十六太康地記曰司冀兗豫荊揚徐青幽并雍涼梁益交廣是也

晉自湯陰敗後羌羯交侵至乎劉曜陷洛陽於是司冀雍涼青并兗豫幽平秦營十二州並淪沒矣後魏孝文帝都洛陽開拓土宇明帝熙平元年凡州四十六鎮十二郡國三百八十九矣天平年凡州六十八至武定年凡州一百一十一郡五百一十九周明帝受魏禪至大象二年凡州二百一十一隋文帝受周禪至開皇三年罷天下郡其縣但隸州而已九年平陳巳後四海一家大業三年罷州爲郡四年大簿凡郡國一百八十三唐貞觀十三年大簿凡州府三百五十八雍華同宜岐隴幽涇寧鄜州都督府坊延原都督府靈州都督府丹夏都督府銀孟勝州都督府綏慶家蒲虞汾絳秦晉隰慈呂石潞州都督府沁韓澤岱州都督府所朔蔚雲并州都督府其嵐懷相州都督府衛黎魏洺邢貝博冀德觀深瀛滄定恒并幽易嬀檀平明營州都督府遼師昌崇慎威號陜穀唐兗陳類徐州都督府滑泗譙豫亳密青齊濮萊齊州都督府淄宋鄆許冀曹海沂洛州都督府鄭汴汝襄夔州都督府汾開隨硤蓬鳳忠渠遲集興利温復合鄧歸荆州都督府梁州都督府均静金巴商洋渝房壁閬始梓資嘉陵果遂州都督府益州都督府綿大榮眉雅普翼茂州都督府簡向塗

戎都督府瀘州都督府巂州都督府冉笮維徵守郎協曲褒靡
微姚髳州[illegible]宗尹曾州樂鈎昆[illegible]光靳中壽昌豪盧沔荆楊州
都督府除楚和安州都督府黄秦州都督府成武渭蘭州都督
府河鄯廓儒岷兆宕疊橋梁州都督府肅甘瓜沙尹芳文松州
都督府扶居巖奉雅叢遂其生諸眞都閬出老懿河湊㪚鍾匐
廠器調流邇率厍淳執州都督府漳津泣王彭祐峨疊州都督
府龍會潭州都督府費江涪鄂　潤施郎岳黔州都督府睦括
常撫郴台饒虔衡永郡連婺道吉越州都督府洪州都督府袁
杭宣湖蘇歙辰至南夷應琰莊祥充播年恩高州都督府循建
振昭韶廣州都督府羅崖州都督府繡辨端新春瀧賣邑朝賀
封梧蒙郎龍桂州都督府廉賓藥泉欽橫貴藤象交州都督府
儋雷峯驩容愛龔州都督府澄鸞演白景林義智驩州都督府
儋崖州是也凡縣一千五百五十一至十四年西克高昌　依
又置西州都護府及庭州并六縣通前凡三百六十州

敘之爲十道也

事對

九圍　百郡　毛詩曰帝命式于九圍漢書曰凡郡国一百三

八輔　九州　張衡霊憲曰中州含霊外制八輔尚書曰禹别九州

九有　十都　尚書曰以有九有之師箋華夏政注云九有九州也尚書大傳曰五里爲邑十里爲都十都爲師州十一師

神州　裨縣　河圖曰崑崙東南地方五千里神州史記曰中国赤縣有裨海環之

三輔　六郡　漢書曰京兆尹左馮翊右扶風為三輔金城隴西天水安定北地上都為六郡

六輔　三河　漢書韋昭謂河東河南河內兼為三河三輔為六輔

殊題　含類　河圖曰九州殊題水泉剛柔各異春秋說題辭曰州之言殊也言殊含同類異其界也

涼邠　徐魯　漢書改雍州爲涼州尚書曰海岱及淮惟徐州漢官解詁曰涼邠黒水徐魯惟沂

讚

蕭子顯齊書郡國志

讚　郡國既建因州而部離過十三合不踰九分城列邑名号郎阜遷移區併代士代有

河南道第二

敘事

河南道者禹貢豫徐青兖四州之域　尚書曰荆河惟豫州濟河惟兖州海岱及淮惟徐州海岱惟青州案尚書兖州西北距河謂古九河也九河塡

塞今之河北博德倉棣等州即古兖州之地今為河北道矣漢書天文志曰房心為豫州虛危為青州奎婁胃為徐州角亢氐為兖州之分野也北距河東至海南及淮西至荊山盡其地也河南府周地也風雨之所交也陰陽之和也日至之景尺有五寸謂之地中昔周公營洛邑至平王居之宋州宋地也古豫州域古商丘也閼伯之墟周封微子是為宋也漢書地理志云房心為豫州宋之分野漢代梁孝王都之青州齊地也古爽鳩氏之墟周封太公於營丘為齊也今臨淄縣兖州魯地也魯今曲阜縣也案漢書地理志云奎婁為魯屬古徐州古少昊氏之墟周封周公

後為魯侯陳州陳地也古豫州域平王東遷鄭武公居之今新鄭其後韓哀侯滅鄭而居其地韓貞子初都河北之平陽哀侯徙焉東自豫許略汝鄧面西得河南府之陽翟福昌新安盡韓地也案漢書地理志陳韓鄭並角亢氐之分野汴州魏地也魏初居河北魏絳徙居安邑惠王以安邑近秦乃徙都焉今汴州大梁城是也得河南滑州之境分得韓之鄭豫等數州之東界屬於魏也地理志云魏觜觿參之分野

事對

帝臺　天室山海經曰鼓鐘之山帝臺之所以觴百神也郭璞注曰舉觴讌會則於此山也今案其山在伊闕西南史記曰周武王曰我南望岳鄙粵瞻伊洛无遠天室營周居于洛邑而後去之

馬坂　龍

門戴延之西征記曰次前至黄馬坂去計素緒十里易乾鑿度曰禹貢龍門闕伊闕

邙阜 **洛川**西山記邙山西連東垣亘阜相屬曹植洛神賦曰容與乎陽林流眄乎洛川

八關 **四塞**酈元注水經曰漢霊帝以何進爲大將軍將五營士屯都亭置伊闕函谷廣城大谷轘轅旋門平津孟津等八關都尉洛陽記曰左成皐右函谷前有伊闕却背孟津此四塞之固

轘轅 **郟鄏**闞駰十三州志曰轘轅道凡十二曲也今案在緱氏縣東南左傳曰成王定鼎于郟鄏

九坂 **三川**穆天子傳曰天子西升九阪郭璞注今新安縣十里有九坂史記曰秦襄公初以周地置三川郡

金谷 **銅駞**郭縁生述征記曰金谷谷也地有金水自太白源南流經此谷注穀水華延儁洛陽記曰兩銅駞在宮之南街東西相向高九尺洛陽記謂之銅駞街

三塗 **九谷**左傳曰四岳三塗九州之險杜預釋例曰三塗陸渾山名張衡東京賦曰濯龍芳林九谷八溪

方湖 **曲洛**酈元注水經曰華林園景陽山北經方湖湖中趣御座石前建蓬萊山穆天子傳東

遊于黄澤宿于曲洛

梓澤 **芝田**劉澄之宋永初山川記曰梓澤地名去王城二十四里曹植洛神賦曰税駕乎蘅皐[redacted]駟乎芝田已上河南府

牛蘭 **狐聚**酈元注水經曰牛蘭水出魯陽縣北牛蘭山漢書曰梁縣有罳狐之聚

黄陂 **白水**水經注曰黄水積爲黄陂入白水亭城西南已上汝州

虢國 **虞城**漢書曰陝州虢国也又曰周封太伯後是爲虞公謂之虞城

茅津 **柏谷**杜預云茅津在太陽縣西漢武故事曰帝微行至于柏谷已上陝州

石隄 **金匱**水經注曰石隄山下有祠遁甲開山圖熊耳山有金匱石室

鳩里 **鴻關**漢衛太子東走至湖藏金鳩里水經注云漢闕亭東有鴻關已上虢州

北利 **西平**十三州志曰北利城今在上蔡鴻書曰西平縣屬汝陰

龍泉 **羊澗**後漢書曰平輿泉有二龍焉十三州記曰武帝時有白羊出溪澗中已上豫州

西唐 **南郭**後漢書曰高鳳隱西唐山周地圖記曰後魏於南郭城中置南陽郡

蔡國

謝城漢書曰湖陽縣故蓼國荊州記曰棘縣有謝城已上唐州 胡國 陶丘漢書云汝
陰縣故胡国晉書曰汝陰縣有陶丘鄉 汝墳 潁浸毛詩曰汝墳道化行也周礼曰正南曰荊州其
浸潁淇已上潁州 炎都 楚徙帝王世記神農初都陳漢書云楚頃襄王東徙于陳 雞水
孤丘水經注洧水南出謂之雞籠水左傳楚侵陳克孤丘已上陳州 二潁 五都成公綏賦曰俯臨二
潁魏略曰以長安譙許昌鄴洛陽為五都 方城 曲洧左傳曰楚国方城以為城又曰諸侯伐鄭至于
曲洧已上許州 蕩渠 原圃水經注曰陰溝出陽武縣之蕩渠左傳曰鄭有原圃猶秦之有具圃 踐
土 鴻溝左傳云晉文公作王宮於踐土注云鄭地漢書曰於滎陽下別河東南為鴻溝已上鄭州 逢澤
汴渠漢書曰逢澤在開封東北史記曰晉義秦孝公合諸侯於逢澤西征記曰倉垣城南臨汴渠 羊湖
沙海述征記曰汴南董生引汴水自羊湖戰国策曰梁君欲得九鼎謀於沙海之士爲日久矣已上汴州 金隄

石濟漢書曰河決東郡所築号曰金隄述征記曰河有一積石謂之石濟 蒲邑 桃城左傳
曰齊侯衛侯胥命于蒲注曰蒲甯殖邑也續漢書云桃城在燕縣南已上滑州 譙國 瀨鄉晉書曰譙国魏
明帝分置也瀨鄉記云老子祀在瀨鄉 麥丘 桑邑桓譚新論曰齊桓公行見麥丘人水經注曰山桑邑
俗謂之北平城已上亳州 商丘 景亳左傳曰閼伯居商丘又曰湯有景亳之盟 棘璧 桐
門漢書曰吳楚七国反先擊破梁棘璧左傳曰楚圍宋門于桐門已上宋州 清水 梁山述征記曰鉅野
縣有清水又梁山濼清水更屬岱宗 無鹽 陽穀漢書云无塩縣近東平国左傳齊侯會于陽穀已上鄆州
荷澤 葵丘尚書曰導荷澤被孟豬左傳曰齊桓公會諸侯於葵丘 五丈 三
鬷水經注曰荷水俗謂之五丈溝尚書曰湯遂伐三鬷已上曹州 穀林 瓠子呂氏春秋曰堯
葬穀林漢書曰河決瓠子堤已上濮州 秦亭 盧邑左傳曰魯築亭於秦杜預注云范縣西北有秦

亭又曰高弱以盧叛杜
預注曰盧齊高氏邑
狠水 水經注曰狠水出大
魚山 鑑山狠溪西北流經
穀城西漢書曰武帝瓠子歌曰吾山平兮鉅野溢
注吾山即魚山也西征記魚山北臨河已上濟州
萊邑 **蒲臺** 水經注曰萊蕪縣昔齊雲公滅萊萊人播北谷邑落荒蕪
故云萊蕪三齊略記曰海側有臺高八丈秦始皇於臺下
縈蒲繫馬
因名蒲臺
甲山 **籠水** 水經注曰萌水出于甲山述征記
曰梁鄒城西有籠水或云齊之孝
婦涌泉發於宅内以籠覆水
所以名曰籠水已上淄州
濟河 **洙泗** 尚書曰齊河惟
兖州化記曾子
謂子夏曰吾與汝事
夫子於洙泗之間
梟嶧 **龜蒙** 毛詩曰建尒元子俾侯
于魯保有梟嶧遂荒徐
宅又曰奄有龜蒙荒
于大東已上兖州
石堰 **金輿** 晏謨齊記曰石塞堰武
帝時造述征記曰朗公
金輿山孤峯瓌
秀寔神嶺也
華泉 **歷井** 左傳曰逢丑父使齊頃公下
如華泉取飲續征記曰歷山
有井无底与城西南
涌泉相通已上齊州
郥城 **費邑** 左傳曰則爾來朝杜預
注曰東海昌盧縣東北
有郥城又曰費伯帥師城郎
琅邪費縣也後為季氏邑
大峴 **叟岡** 伍緝之從征記
曰大峴直度山
二十五里澗壑洞地崖坂峭曲四岳三塗不是過也水
經注曰小叟岡有水二源雙會東導一川已上沂州
表海 **天齊** 左傳曰吳季札聞歌齊之声曰表東海者其
太公乎史記曰武王封師尚父於齊營丘也
營丘
漢書曰齊所以為齊者以天齊也蘇林注天中齊也
地鏡 頓野王輿述志曰宋文帝時青州城南地遠望倒影
如水謂之地
鏡已上青州
龍溝 **鵠壟** 續述征記曰彭城水五溝到龍
溝五里張華博物志曰徐君宮
人生卵以為不祥弃之水濱有犬名鵠蒼銜卵以歸遂生兒為
堰王後鵠蒼臨死生角而九尾實黄龍也葬之徐里中見有狗
龍壟存
焉
西楚 **北陵** 漢書曰項羽自立為西楚霸王都彭城
晉書太康地志有北陵縣屬下邳已上
徐
州
邸閣 **濠梁** 西征記曰宿預城下邳之中路舊邸閣述
征記曰濠泗水公也其水注泗有舊魚梁
莊子遊於濠
梁則此地也
白樓 **朱矢** 侯滔北征記曰下邳城韓信所
都也中城呂布所守南臨白樓

明博物志曰徐堰王欲行霸上国乃溝
通陳蔡之間得朱弓形矢已上密州　**龍臺**　**馬耳** 三齊略記
曰平昌城内有臺高六丈神龍出入下其中故名龍臺
城水經注曰馬耳山高百丈上有石並舉双聳如馬耳　**柴阜**
焦原 齊地記柴阜榛棘森然故云柴阜郝原葬於其東尸
子曰莒有焦原者廣尋五十步臨百仞之溪莒国莫
敢近者有[redacted]士見於莒子　**聖石**　**仙祠** 齊記曰萊山之陰
獨却行齊踵已上登州　有大石其中有人
出處云是古聖人從此而出漢書　**三山**　**九穴** 漢書曰曲
曰不其縣有太一仙人祠九所　城縣有三
山齊記云九曰山
有九穴已上萊州　**呂母固**　**田横島** 後漢王莽末有呂母
者其子為縣宰所殺
母散財以招少年共殺宰[redacted]入海中今案其固見存在東海縣
北漢書曰高祖定天下田横懼誅乃与從屬五百人入海居島
中　**仙士石**　**始皇碑** 崔琰述征賦曰郁非山有仙士石室
乃往觀焉見一道人王隱晉書曰海
中去岸百五十步有秦始皇碑
闊五尺厚三尺八寸已上海州　**箴**　**楊雄豫州箴** 郁郁荆
河伊洛
安徒坡館

是經榮彼臯桼惟用攸成田田相挐盧盧相距夏殷不都成周
攸處豫野所居爰在鶉墟四隩咸宅寓内不如陪臣執命不虞
不圖毋曰我大莫或余敗元曰我强靡克余　**又青州箴**
亡王赧為極實絶周祀牧臣司豫敢告柱史
茫茫青州海岱是極塩鐵之地鉛松怪石羣水攸歸萊夷作牧
貢篚以時莫怠莫違昔在文武封吕於齊厥土塗泥[redacted]丘之營
五侯九伯是總是征馬殆其銜御失其度周室荒乱小白以靖
諸侯[redacted]尋京師小白既没周卒陵遲嗟茲天王附命下[redacted]
牧臣司青　**又徐州箴** 海岱伊淮東海是渚豫州之士邑于
敢告執矩　蕃宇大野既豬有羽有蒙孤桐蠙珠
泗沂攸同降周任姜鎮于琅邪姜姓絶苗田氏攸都事起
猶微不虞不圖禍如丘山本在萌芽牧臣司徐敢告僕夫　**又**
兖州箴 攸攸濟河兖州之寓九河既導雷夏攸處草繇木條
漆絲絺紵濟漯既通降丘宅土成湯五徙卒都于亳
盤庚北渡牧野是宅箕子獻欷
故居為墟牧臣司兖敢告執書

關内道第三

叙事　**關内道者禹貢雍州之域** 尚書曰
黑水西

河惟雍州案雍州自隴而西分為隴右道漢書天文志曰東井与鬼為雍州分野東自同華略河
而北西自岐隴原會極于北垂盡其地也京兆
府挾灃灞據函崤班固西都賦曰左據函谷二崤之險又曰挾灃灞據隴首得百
二方千里漢書曰秦得百二蘇林曰言秦地險固以二萬人足當得諸侯百萬人河圖曰秦地方千里
周都酆鎬秦都咸陽漢都長安今武功縣后稷
所封也史記后稷封於斄是也豳州昔公劉所居也華州古
鄭國也鄭玄詩譜曰周宣王封其弟於咸林是為鄭國岐州秦德公初居之
也夏州赫連氏之都也事對四塞八川漢書婁敬
云關中被山帶河四塞之固相如上林賦曰蕩蕩乎八川灃滈澇潏涇渭駏滻神皐福地西京賦曰

寔惟奥區神皐遁甲開山圖■驪山西有阜名風凉原雍州之福地金城石柱漢書關中金城千里三輔
舊事曰石柱以南屬京北北屬扶風細柳長楊漢書曰周亞夫軍細柳漢宮名有長楊■温
水滄池三秦記渭水橋西有温水又長安記建章宮有太液滄池雞頭鶉首雍州
記雞頭山在鄠縣史記天賜秦穆公鶉首之地漢京秦里西都賦曰弘我以漢京又西京賦曰秦里
其覇丹水黃山山海經南山多黃丹水出焉西京賦曰繞黃山而款牛首巳上京兆府桃塞
栢原左傳晉侯使詹嘉守桃林之塞杜預曰今潼關是也水經注灌水於孤柏之原西流蒲池學
市水經注華山上靈泉名蒲池高士傳云張楷隱華山學者從之成市巳上華州韓原姚谷古今地名云韓
武子食采於韓原後漢書云姚谷屬白水塹洛分華史記曰秦簡公塹洛蒲城縣東長城是也後漢
書曰孝明帝分華山都置武鄉郡巳上同州蒲谷柏城水經注■蒲谷水源出中部縣又曰豬水

流經柏城已上丹州 丹川 烏水 水經注曰蒲水南自洛川縣流入丹陽川又曰烏川水源出汾川縣西北已上丹州 青牛 白帝 錄異傳曰秦文公伐雍州南山文梓樹有青牛走出灃水中史記秦文公作鄜時以祭白帝 漆水 桐池 水經注曰漆水出漆溪又曰桐池水東北流入三交水已上岐州 岐下 梁丘 史記曰古公亶父止於岐下水經注曰梁丘谷水西南注于涇 芹川 芮水 水經注曰宜祿縣北有芹川又曰芮水流入涇已上豳州 烏亭 昆壤 漢烏氏縣王莽改爲烏亭宋初山川記曰安定昆戎舊壤也已上涇州 隴水 吳山 三秦記曰俗歌云隴頭水地道記曰汧陽縣屬秦国吳山在西已上隴州 芹谷 柞亭 水經注曰芹谷水出羅川縣東子午山續漢書曰汾陽縣有五柞亭已上竝寧州 兎川 雞水 水經注曰兎川西南流注洛水又曰烏雞水出西流入洛已上慶州 藍山 那邑 十六国春秋云赫連定登子可藍山史記曰那戎邑也已上原州 白

水 蒲川 水經注曰白水源出汾水嶺西又曰小蒲川水東南流入坊州已上鄜州 神泉障 龍尾溪 水經注云龍尾水神泉障又有龍尾溪已上延州 淥蓮池 青鹽澤 十六国春秋云赫連勃勃田于三交至淥蓮池而還漢書曰朔方郡青鹽澤在南 典農城 懷渾障 水經注云河水經典農城又東北經懷渾障已上靈州 濛水 雞山 水經注云朔方縣有濛水紫河續漢書曰將軍竇憲出雞鹿山已上勝州

詩 晉摯虞雍州詩 於皇先王經啓九有有州惟雍居京之右土載奧區山包神藪嘉生惟繁庶類伊阜悠悠州域有華有戎外接皮服内含岐豐周餘既没夷德未終莫不慕義易俗移風

箴 楊雄雍州箴 黑水西河橫屬崑崙邪指閶闔畫為雍垠上侵積石下礙龍門安不忘危盛不諱衰牧臣司雍敢告綴衣

河東道第四

叙事 河東道者禹貢冀州之域 爾雅曰兩

河間為冀州 舜置十二州分冀州為幽州并州今河東道即并冀兩州之地 漢書天文志曰畢昴為冀州營室東壁為并州 西南距河北盡朔垂悉其地河東本堯之所都周成王封其弟叔虞其子燮是為晉侯及三家分晉自蒲州略河東至懷州屬魏 懷州今屬河北道 自澤潞而南至衛州盡太原府已北屬趙太原府昔高辛氏子實沈及金天氏子臺駘之所居也又為唐國帝堯為唐侯所都 鄭玄詩譜曰唐者帝堯舊都地後徙平陽 蒲州帝舜所都 太康地記云舜都安邑是也 絳州晉移侯遷都之地

事對

堯墟 禹跡 鄭玄詩譜曰成王封母弟叔虞於堯之故墟皇甫謐帝王世紀曰禹自安邑都晉陽曾孫帝相遷帝丘于少康中興還乎舊都復禹之跡也

太夏 中都 春秋地名云晉太康一名太夏後魏書曰中都屬太原郡

六名 五尉 春秋地名云晉太鹵太原太夏太墟晉陽六名其實一也晉太康地志并州部太原六郡又有護匈奴中郎左部右部中部南部北部五都尉

蒿垣 葦澤 春秋後語曰張孟談謂趙襄子曰臣聞董安于之在晉陽公宮之垣皆荻蒿後魏書云石艾縣有葦澤

潛丘 渦水 尒雅曰晉有潛丘郭璞注云在太原晉陽縣水經注曰洞渦水出平樂縣西北

祁墓 介祠 後漢書云晉陽有祁奚墓又曰晉陽有介子推祠已上并州

涑水 滌山 水經注云涑川水在桑泉縣界晉地道記曰雷首山一名滌山

臼亭 虞坂 左傳曰公子重耳取臼亭杜預注曰河東解縣有臼亭戰国策曰騏驥駕鹽車上虞坂今案在安邑縣界已上蒲州

玉璧 天井 後魏

大統四年東道行臺王思政表築王壁城今案在後山縣西水經注曰天井水經堯城西流入汾水

東澗 **桐鄉** 水經注曰乾東澗水北出入石人嶺下南流俗謂之扶蘇水漢書武帝將幸緱氏至左邑桐鄉在聞喜縣界已上絳州

千畝 **五城** 左傳曰晉穆侯以條之役生太子命之曰[redacted]其弟以千畝之戰生命之曰成師後魏書云晉州領五城郡是也

襄陵 **狐谷** 後漢襄陵屬河東郡水經注曰平河水出晉陽縣西壺口山東經狐谷亭已上晉州

漳川 **冀浸** 周礼曰冀州其川曰漳鄭玄注云出長安十三州志曰潞水出潞縣冀州之浸

赤壤 **黃山** 上黨記曰高平赤壤其地阻險百姓不居後魏輿圖風土記曰黃山在壺關縣東南已上潞州

舜澤 **晉山** 墨子曰舜漁于雷澤在護澤縣西後魏輿圖風土記云司馬山在晉城縣北晉代祠此山因以為名

孟門 **午臺** 左傳曰齊侯伐晉入孟門登太行十三州記曰太行山或曰孟門蓋其險阨水經注曰午臺亭在晉城縣界已上澤州

石室 **鐵騎** 後魏輿圖風土記曰太原郡山有石室方丈四壁文字篆書人不能識十六国春秋曰石勒當生之時北山上草木变為鐵騎形

青谷 **黃巖** 水經注曰清水源出武鄉縣西名青谷水又曰黃嵓水源出遼山縣西黃岡下已上宜州

滬澤 **汾關** 呂氏春秋曰大昭又名滬澤水經注曰鶴雀津汾關名也介休之西南俗謂之雀鼠谷

八門 **六壁** 十六国春秋云劉元海遣將攻西河城築營自固有八門城高九尺後魏書曰太武帝討胡賊于六壁城有六面因以為名已上汾州

紫川 **黃谷** 水經注曰紫川水源出隰川縣東紫谷也黃櫨水出隰川縣東北黃櫨谷已上隰州

夏屋 **仙都** 史記曰趙襄子北登夏屋誘代王徐廣注云夏屋山名水經注曰晉永嘉中鴈門百姓避乱入五臺山見仙人為之先驅因而不反尋訪莫知所在俗人以是山為仙都已上代州

三會 **九原** 水經注曰三會水東流入滹沲水在定襄縣界又云三會水出九原縣西其山經九原城

靈丘 **聖阜** 後魏書曰天平二年置恒州寄居秀容縣城領靈丘等八縣水經注曰滹沲水東流逕人阜北阜下有水

泉側石上有手跡西又有二脚跡已上欣州
葦州 梅嶺 十三州記曰代郡故城盧植說初置築時
方就板幹夜自移西南五十里大澤中自設結葦為九門於是
就以為城周旋七里今案在飛狐縣界上地記曰鹵地東州四
十八里有梅嶺焉
萊水 笄山 周礼曰萊州[redacted]鄭玄注萊水出廣昌史記趙襄子姊為代王夫人
襄子殺代王遂興兵平代地其姊聞之泣而呼天磨笄自殺
代人怜之号所死山為磨笄山今案在飛狐縣界已上蔚州
如渾水 紇真山 水經注曰如渾水水經方山又曰紇真山夏積雪鳥雀死者一日千數
熒臺 火井 水經注云火山似火從地中出故名熒臺又曰火山上有火井已上嵐州
壺山 風穴 漢書曰壺口山在北屋東南水經注曰北屋縣故城西十里有風山其山有穴如輪風氣蕭瑟常不止已
上朔州
永石 單于 晉太康地記曰西河国恵帝末陷於劉元海至石勒時置永石郡後魏改為離
石郡十六国春秋云離石單于所徙之庭已上石州
賦 後漢班叔皮冀州賦 夫何

事於冀州聊託公以遊居歷九土而觀風亦哲人之所娛望常
山之崖峩登北岳而高遊建封壇於岱宗瘞玄玉於此丘徧五
岳与四瀆觀滄海以周流
箴 楊雄并州箴 雍别朔方河水悠悠北辟獯鬻南界涇流畫茲朔土
正直幽方自昔何為莫不來王清穆遐征犬戎不享爰藐伊德
侵阮上国宣王命將攘之涇北宗幽罔識日用爽蹉既不俎豆
又不干戈犬戎作乱弊于驪河太上曜德其次曜兵德兵[redacted]靡不悴荒牧臣司并敢告執綱
冀州箴 洋洋冀州
鴻原大陸岳陽是都島夷皮服濘湲河流夾以碣石三后攸降
列為侯伯降周之秦趙魏是宅冀州糜沸泫沄如湯更盛更衰
載從載衡漢興定制改列蕃王治不忘乱安不遺危牧臣司冀敢告在茲
論 魏盧毓冀州論
冀州天下之上国也尚書何平叔鄧玄茂謂其土産无珍人生
質朴上古以來无應仁賢之例[redacted]弗豫諸州也盧釋曰除黃
帝已前未可備聞略言唐虞已來冀州乃聖賢之淵藪帝王之
宅地東河以上西河以來南河以北易水已南膏壤千里天地
之所會陰陽之所
交所謂神州也

河北道第五

敘事 河北道者禹貢冀州之域舜置
十二州分冀州爲幽州并州分青州爲營州而
幽冀營等三州及兖州之北界今並爲河北道
漢書天文志曰畢昴爲冀州尾箕爲幽州分野 南距河東至海北盡幽營悉
其地河北本殷之舊都 在衛州 周滅殷分其甸
内爲三國邶鄘衛是也至衛懿公爲狄所滅其
地屬晉趙韓魏三家分晉而懷屬魏 漢書地理志云魏分晉得
河内即今懷州也 自衛相洛趙貝冀北盡恒山東至海其
地屬趙幽平已北東至海屬燕洺州邯鄲爲趙

國 史記趙敬侯所都 相州爲鄴魏武帝後趙石季龍前
燕慕容儁自薊徙北齊文宣帝並都之 幽州曰燕召公之所
封也營州前燕慕[redacted]皝都之

事對

分晉 接燕 漢書曰趙分晉有信都鉅鹿清河盧毓冀
州論曰冀州北接燕代 南宮 北部 漢書曰南宮縣屬信都国許慎說文曰冀州北部以月朝作食
為膢祭巳上冀州之 三臺 九殿 陸翽鄴中記曰魏武於鄴城西北立三臺中臺名銅雀臺南名金獸
臺北名氷井臺又曰石季龍自襄国至鄴二百里輙立一宮宮有一夫人侍婢數十凡季龍所起内外大小殿九臺觀行宮四
十四所 紫陌 赤橋 水經注曰滏陽縣有紫陌浮圖造生墓於此鄴中記曰鄴城東七里有赤
橋之宮巳上相州 軹縣 苑鄉 史記曰秦昭襄伐魏取軹縣水經注曰冄水經苑鄉之城 平
津 陸阜 晉陽秋曰造河橋於富平津即河陽津也水經注曰陸眞阜南有皇母馬鳴二泉東南合注于

吳陂已上懷州商墟 虞險史記曰成王伐管叔以殷餘人封康叔為衛君居故商墟也北征道里簿
曰[redacted]頭城故虞国之險湛大流其後清水流其前蘇嶺 錫盆十道志曰蘇門山一名蘇嶺孫登所
隱處也又曰錫盆水一名盆泉源出縣西北三
十里彎屈似盆其味如醴因以爲名已上衛州雞澤 狗
山左傳襄公三年六月會單頃公及諸侯同盟于雞澤水經注曰狗山頂上有狗跡今在臨洺縣西塘泉
研塚水經注曰洛水東北流經廣平縣故城東水積於大澤之中為登泉南北四十里東西二十里亦謂之黃
塘泉鄴中記曰邯鄲城西南十里子岡上有冢如研子形俗謂之研子塚已上洺州斥丘 平邑
續漢書曰斥丘縣屬魏郡竹書曰晉列公四年趙城平邑今在昌樂縣東北沙鹿 石臺左傳云沙
鹿崩杜預注云晉地也元城東南有沙鹿山酈善長水經注曰
武陽縣城有一石臺大城門外又有故臺号曰武陽臺已上魏
州慕水 蘇亭水經注曰慕水出襄国漢書曰襄国有蘇人亭百巖 千步

洺州記曰龍岡縣西北有百岩山水經注栢亭 椳水水經
注曰洺水一名漳水俗名千步已上邢州
注曰洺水東經栢暢亭今按柏暢亭故城在房
子縣西又曰椳水出黃石山今在元氏縣界石柱 珪
碑水經注曰平房城南門俠道有兩石柱翼路若闕焉又曰漢[redacted]帝北迴詔高邑於光武即位所建石壇立珪頭碑已上
趙州善陸 清河漢書鄃縣漢清河郡王莽曰善陸晉地道記曰清河国凡領清河等六縣胥
陸 甘泉漢書東陽縣屬清河郡王莽曰胥陵十二州志曰歷城本周之甘泉西地已上貝州重
丘 [redacted]水左傳曰諸侯同盟於重丘今在聊城縣東南水經注云[redacted]水出聊城東北泛則津注耗則輟流
堂邑 靈城漢高祖封陳嬰為堂邑侯又曰靈城屬清河郡已上博州胥國 究
鄉漢武帝封河間獻王子讓為胥侯水經注云浮水東北經高成縣之究鄉城今在塩城縣界千童
百薄應劭注漢書曰千童縣靈帝改曰饒安水經注滱河東北經富平故城北分爲二水南水為長聚溝東注海北水

謂百薄溝東北注海已上滄州 **馬頰河** **龍額縣** 尒雅云九河名有馬頰上廣下狹狀如馬

頰漢平原郡須龍額縣 **管輅冢** **曼倩祠** 魏志平原縣有管輅冢漢書安德縣有東方朔

祠已上德州 **新館** **輿亭** 漢武帝封中山靖王子未央為新館侯續漢書北新縣東二十里有樊輿

亭 **樊城** **栢國** 漢書曰武帝封中山靖王子為樊輿侯故城在清宛縣東南又曰武帝時趙敬肅王

子然吉為栢陵侯今清克縣南有侯国故城已上瀛州 **仙巖** **天井** 晋太康地記曰行唐縣西北有

仙人巖水經注曰泒水歷天井澤南 **馬觀** **鴻關** 水經注曰黑水東北有溪中山王故宮處簡文造釣

臺戲馬之觀又曰定水東流歷山俗謂是處為戲頭即晋書所謂鴻上關已上定州 **輪井** **核山** 水經

注曰行唐城有大井若輪水沸騰不測又曰泒水北流經大核山 **夫城** **女廟** 晋太康地記云行唐

縣北二十里有如夫城水經注曰行唐城內北門東側有王女神廟廟前碑云趙武靈王營斯邑城弥載不立聖女發歎百堵

皆興不日而就已上恒州 **寗臺** **歷室** 史記曰燕昭王伐齊得宝器設祭於寗臺戰国策曰樂毅与燕

惠王書曰大呂陳於元東故鼎反於歷室今並薊州界 **仲理金** **伯雍璧** 神仙傳曰仲理居元

終山中合神丹作黃金五千斤以救百姓搜神記曰楊伯雍汲水作義漿有一人就飲以石遺之伯雍種遂生白璧其處地可

一頃名曰玉田已上幽州 **桑谷** **芻溪** 水經注曰三城水經伏陵山南与石門水合有桑谷之名蓋以

出桑溪故也又曰鮑丘水東南流龍芻溪水注之 **三城** **七度** 水經注曰鮑丘水南流合三城水又

曰水經漁陽故城南合七度水已上澶州 **阪泉** **轡野** 史記曰軒轅及炎帝戰於阪泉之野周書曰蚩

尤逐二帝爭涿鹿之野赤帝大懼乃說黃帝執蚩尤殺之于中冀名之曰絕轡野 **覆釜** **裂溝** 後魏

輿圖風土記曰潘城西北三里有歷山形似覆釜因以為名水經注曰傳言昔時地裂遂成溝壑有水俗謂之分家水今之懷

戎縣東北有地裂已上嬀州 **劍石** **刀巖** 水經注曰徐水東北經郎山西很崖竟舉若鳥翅立石嶄

巖似劍又曰滱水南經藏刀山層巖壁立直上干霄窮魚丘　巨馬水竹書曰晉荀瑶伐中山窮魚之丘水經注曰巨馬即滱水巳上易州素河　黃洛水經注曰素河水出今皮縣藍山南合新河又曰黃洛水出盧龍山玄水　藍山水經注曰玄水出肥如縣北玄溪後魏輿圖風土記曰盧縣西三十九里有藍山巳上平州長谷　平川十六国春秋曰馮跋弟丮為亂而跋驚死丮葬之長谷陵水經注曰高平川水出西北平川狼河　龍苑魏氏土地記曰狼河附黃龍城東北下十十六国春秋云慕容熈光始三年築龍騰苑起景雲■巳上營州

箴

揚雄幽州箴蕩蕩平川惟冀之別伊昔唐虞實爲平陸周末荐臻迫于獯鬻六国擅權燕趙本都東限穢貊羨及東胡強秦北排蒙公城疆大漢初定介狄之荒元戎屢征如風之騰義兵涉漠擾我邊甿既定且康復古虞唐盛不可圖衰不可忘隄潰蟻穴器漏鍼亡牧臣司幽敢告保傍

隴右道第六

叙事

隴右道者禹貢雍州之域雍州自岐隴巳北為關內道自隴而南并得禹貢梁州之北地為隴右道自隴而西盡其地也秦州有秦亭秦之先非子爲周孝王養馬於汧渭之間孝王封之附庸邑于秦也涼州漢武威郡故匈奴休屠王地也前涼張軌後涼呂光北涼沮渠蒙遜並都之甘州漢張掖郡故匈奴昆耶王地也西秦乞伏乾歸都之子熾盤徙都于河州肅州漢酒泉郡前涼張軌西涼李暠北涼沮渠蒙遜並都之西州漢車師國之高昌壁也昔漢武遣兵西討師旅頓弊其中尤困者因住焉其地形高尚人物昌盛因名高昌也

事對

天水　神

泉 漢書曰天水郡武帝時置水經注曰渭州東南与神泉合也 黒城 朱圉 水經注曰黑水出黑城北西南經黑城西莫吾川水經注尚書西傾朱圉鳥鼠至于大華 已上秦州

艾亭 荊谷 漢書曰騎都尉居密艾亭水經注曰荆頭川水荆谷北流注渭川

雞聚 馬溪 漢書曰襄武縣有五雞聚水經注曰渭水東南流經首陽縣南左則天馬溪水参差翼注 已上渭州

百頃 四山 三秦記曰仇池山号百頃上有百頃池壁立百仞一人守道万夫莫向沈約宋書曰楊盛襲位分四山氐羌為二十部 已上成州

馬氏 狼種 應劭注漢書曰武都郡故白馬羌氐也漢書曰參狼種武都羌是也 已上武州

臨洮 望曲 漢書曰臨洮縣屬隴西郡水經注曰洮水東流經甘根亭歷望曲 已上岷州

洮水 墊江 沙州記曰洮水出強臺山又曰山東即洮水源山南即墊江源 已上洮州

積石 銷銅 尚書曰導河積石水經注曰離水北經銷銅城西

榆城 麻壘 水經注曰離水東北經榆城溪水注之秦州記曰抱罕城西有麻壘壘中可容万衆 已上河州

歴云

鸑崖 鹿塞 仇池記曰武興城下有鸑子崖十三州記曰鹿塞在蒼松縣南十里是也

龜觀 烏城 十六国春秋曰前涼張玄靜時右將軍宋㸙請取天龜觀壞以為宅西河記曰姑臧匈奴故曰盖藏城也城不方有頭尾兩翅名盖烏城 已上凉州

柳谷 蘭池 習鑿齒漢書春秋曰大柳谷夜激波滿溢其声如雷王隱晋書曰蘭池縣屬隴西郡

合黎 臨澤 尚書曰導弱水至于合黎十三州記曰昭武𮖯有臨澤亭在其東 已上甘州

狄道 夷鎮 漢書曰狄道縣屬隴西郡周地圖記曰臨洮郡城後魏太和中築置夷城鎮防羌要路 已上蘭州

漆水 金泉 張華博物志曰延壽縣南山石泉注為溝其水有脂挹取若着器中正黑如不凝膏然之極明但不可食此方人謂之石漆應劭漢官儀曰酒泉城下有金泉味若酒

酒泉 肥水 漢書曰酒泉郡武帝太初元年開博物志曰酒泉延壽縣南有山泉其水有脂如煮肉汁 已上肅州

白土川 早禾海

水經注曰白土川水出白土城城西北下十雞谷　龍城
三州志曰臨羌縣西有卑禾海謂之青海
水經注曰湟水東流雞谷水北流注之又曰湟水　効穀　宜
出塞外經鹽池北又東南經龍夷城已上鄯州
禾　漢書曰効穀縣屬燉煌郡晉太
康地記曰宜禾縣屬燉煌郡　龍堆　魚澤　漢書曰
燉煌正
西關外有白龍堆十三州志曰
効穀縣故魚澤障已上沙州　地膏腴　田沃行　後漢書
曰順帝
時以伊吾舊膏腴地傍近西域復令開設屯田置伊吾
司馬一人西河舊事曰繞蒲海肥美良白水草沃衍　天山
帝江　漢書曰使貳師將軍出酒泉擊左賢王於天山山海
經曰天山多金玉有神鳥狀如黃囊赤如丹火六足
四翼渾無无面目是識歌
舞實惟帝江已上伊州　車師國　田地縣　漢書曰車
師前王国
居交河城地輿志曰晉咸和
二年置高昌郡立田地縣　交河城　高昌壁　漢書
曰交
河城有交河水分流繞城下十三州志曰高昌
壁故屬燉煌有長谷在東都尉居之已上西州　〔歌〕後魏溫

子昇涼州樂歌　遠遊武威郡遙望姑臧城
車馬相交錯歌吹日縱橫　又歌曰　路
出
玉門關城接龍城坂阻
事絃歌樂誰道山川遠　〔箴〕楊雄涼州箴　黑水西河橫屬
崑崙服指閶闔
畫為雍垠每在季王常失厥緒上帝不寧命漢作涼隴山
以徂列為西荒南排勁越北啓強胡并連屬國一護彼都

山南道第七

〔敘事〕山南道者禹貢荊梁二州之域
尚書曰荊及衡陽惟荊州華陽黑水惟梁州今案荊州之南界
屬江南道東界入淮南道梁州自劍閣而南為劍南道其北垂
又入隴右道漢書天文
志曰翼軫為荊州分野　北距荊華二山之陽絕漢水
而南至江西距劍閣盡其地也荊州楚文王
始都之褒州古褒國也是為嫣墟　江陵記曰楚文
王始自丹陽徙
都於郢今州北南城是也水經注曰漢水東經嫣墟在金
牛縣界皇甫謐国都城記曰褒国故城在縣東二百步　襄

州禹貢荊豫二州之界鄧州後漢之南都也光
武起焉 事對 南荊 西楚 周礼曰正南曰荊州史記曰自淮北沛陳汝南南郡
為西楚 雲澤 景洲 春秋文耀鈎曰大別以東至雲澤九江衡山荊州今案即雲夢澤也吳志曰魏
將夏侯尚圍南郡作浮橋度量景洲今在江陵縣界已上荊州 南峴 北津 荊州記曰襄陽本楚之下
邑桓溪帶其西峴山亘其南習鑿齒襄陽記曰襄城本楚国之北津 習池 葛井 襄陽記曰峴山南八
百步西下道百步有習家魚池荊州記曰諸葛亮宅有井深四丈餘口廣一尺五寸累塼如初已上襄州 厲鄉
春邑 左傳曰楚伐徐齊師伐厲以救之杜預注曰隨縣北有厲鄉漢書曰元帝以春陵卑濕割蔡際之白水二
鄉為春陵侯邑 隨國 唐鄉 左傳曰鬬伯比言於楚子曰漢東之国隨為大杜預注曰隨国今義陽隨
縣也又曰晋楚戰于郯唐侯為左拒杜預注曰唐屬楚小国義陽安昌縣東南上唐鄉是也已上隨州 馬水

鼉湖 南雍州記曰龍居縣南有馬水荊州記曰沔陽縣東二十里有鼉湖已上復州 獸牙 狼
尾 宜都山川記曰獸牙山有石壁其文黃赤色有牙齒形勾將山記曰縣去山四十里別從狼尾灘下南崖已上峽州
黃龍 白帝 荊州記曰峽之首北岸曰白鹽峯中黃龍灘水沿泝所忌水經注曰白帝山北接緣馬嶺
接赤甲山 九坂 三溪 荊州記曰寒山九坂最為峭險又曰三溪水南流數里南注大江已上夔
州 明月峽 縉雲山 華陽国志曰巴郡江州有明月峽峽首南峯石壁有圓孔形如[illegible]月
因以為名縉雲山傳云黃帝於上合神丹藥故山得名焉 涪陵 陽關 漢書曰巴郡領涪陵縣晋太康
地記曰李雄乱復於陽關更置墊江縣亦屬巴郡案今州即古巴郡已上渝州 龍蹊 牛道 道家雜記
曰張魯女曽浣衣於山下有白霧蒙身遂孕耻之自裁臨死謂婢曰死後破吾腹婢依其言破得龍子一雙遂入漢水女殯於
山頂龍子後數游母墓前遂成蹊徑十三州志曰秦王未知蜀道乃刻石牛五頭置金於尾下言此天牛能糞金蜀人信之乃

令五丁共引牛成道今在襄城縣界
讓水 廉川 梁州記曰梁西南十里有讓水水經注曰廉水出巴
嶺山北流廉川今在南鄭縣界已上梁州 駱谷 龍亭 水經注曰路谷水源出駱谷南流梁州記曰龍
亭縣屬儻城郡已上洋州 黃花川 紫柏坂 水經注曰大散水西流入黃花川華陽国志曰
梁泉縣東八十里有紫柏坂已上鳳州 武關 文邑 史記曰秦昭王遺楚懷王書曰願與君會武關
商約結盟今在商洛縣東水經注曰洛水東北過文邑在洛南縣已上商州 金水 錫城 漢水記曰金水
郡領金岡縣本金城郡後魏改之梁州記曰後魏華陽金城二郡為忠城郡領鄉亭錫城金川三縣[redacted]虞舜祠
漢高廟 水經注曰西城縣故城內有虞舜祠梁州記曰洵陽縣南山下有漢高帝廟已上金州 梅
溪 棘水 南雍州記曰南陽縣七里有梅溪水經注曰棘水經新野縣歷黃郵聚 五壟
六門 周地圖記曰五壟山有五梁漢延相接曰六門堰西三里擁湍邵信臣所作也已上鄧州 熊川

龍井 南[redacted]州記曰豐利郡領豐利熊川陽川三縣水經注曰漢水又東為龍潭下臨龍井渚已上均州 景
山 粉水 山海經曰荊山之首曰景山其上多金玉水經注曰粉水導東流經上粉縣 鴈塞
狼山 荊州圖副記曰鴈浮山鴈塞也水經注曰夷水導源狼山已上房州 鳴水 泉街
後魏書曰落叢郡武都鳴水二縣屬東益州水經注曰泉街水出河池東南入沮縣已上興州 金溪 銅
水 梁州記曰益昌縣東山西北有金銅溪溪出金因以為名益州記曰葭盟縣南十里有刀鐶山赤銅水出焉已上利
州 銅梁 石戶 左思蜀都賦曰外負銅梁宕渠益州記曰龍盤山南有石長三十丈高五丈當中有
戶及扉若人掩閉古老以為玉女房已上合州 歌 梁宋史荊州樂歌 章華遊獵
去絕郢從禽歸溶溶紫煙合欝欝紅塵飛 又歌 朝發江津路暮宿靈溪道平衢廣且直長楊欝裊裊 箴 揚
雄荊州箴 杳杳巫山在荊之陽江漢朝宗其流湯湯夏君遭鴻荊衡是調雲夢塗泥苞匭菁茅金玉砥礪

象齒元龜貢篚百物世世以饒戰戰慄慄至桀荒溢曰在帝位若有天日不順庶国孰敢余奪亦有成湯果秉其鉞放之南巢号之以桀南巢茫茫多楚荊荊風飄以悍氣銳以剛有道後服无道先强世世雖安平无敢逸豫牧臣司荊敢告執御

劒南道第八

叙事

劒南道者禹貢梁州之域梁州自劒閣而南分為益州是為劒南道梁州劒閣之東而分屬山南隴右二道漢書天文志曰觜觿參為益州分野 其始王則有蠶叢杜宇楊雄蜀本紀曰蜀始王曰蚕叢次曰伯雍次曰魚鳧十三州志曰蜀王杜宇自号望帝 後其地屬秦前漢末公孫述居之後漢末劉備居之

事對

蠶叢 杜宇並見叙事 石鏡 銅梁蜀本紀曰武都人有女蜀王納以為妃疾卒葬於成都作石鏡一枚以表其墓左思蜀都賦曰外負銅梁宕渠内函要害膏腴已上益州 銀水 金山華陽国志曰涪陵有㞚山水其源有金鑛益州記曰金山東臨澗水光照映川已上綿州 飛梁 絶澗華陽国志曰諸葛亮相蜀鑿石架空為飛梁閣道即古劒閣道也益州記曰姜維抗鍾會故壘其山峭壁千丈下臨絶澗已上劒州 南池 西水益州記曰南池在閬中縣東南八里又西水縣本秦閬中縣之地已上閬州 郪道 射洪蜀志曰姜維等聞諸葛瞻破乃引軍由廣漢郪道以審虛實水經注曰涪江水又東南至射洪今在射洪縣界已上梓州 龍鶴山 魚虵水華陽国志曰丹陽縣西北十五里有龍鶴山益州記曰魚虵水東北自陵州界入青神縣界已上眉州 隅山 陵井益州記曰東三山相對又曰三隅山西隅南隅去陵井一里已上陵州 金堂水 銅宮山華陽国志曰新都縣有金堂山水通於巴漢益州記曰五城縣西南六十里有銅宮山高出衆峯已上簡州 昆井 郪溪益州記曰南充縣西南六十里有昆井塩井又曰雞郪神在相如縣東次北下步有雞郪溪因此而為之名已上果州 錦山

綿水華陽国志曰合江北有綫錦山水經注曰綿水至江陽縣方山下入江謂之綿口巳上瀘州 邛水

鄧山山海經曰峽山邛水出焉其陽多黄金漢書云文帝賜鄧通邛道銅山得擅鑄錢巳上雅州 温穴

曲池華陽国志曰温水穴冬夏常熱應劭注漢書云蘇初縣西北有泥池案今曲池是也巳上嶲州 伏

犀灘 騰龍水益州記曰伏犀灘東南六十里有黄魚像岸今在僰道縣界又曰龍騰溪水源出南溪縣巳上戎州

箴

揚雄益州箴 岩岩岷山古曰梁州華陽西極黒水南流秦作无道三方潰叛誼兵征暴遂国于漢拓開疆宇峽梁之野列為十二光羡虞夏牧臣司梁是職是圖經營盛衰敢告士夫

淮南道第九

叙事

淮南道者禹貢揚州之域又得荊州之東界尚書曰淮海惟揚州今案揚州之東偏為江南道南偏爲嶺南道又漢書天文志曰牽牛婺女為揚州分野自淮以南略江而西盡其地也今揚州

漢廣陵郡更名江都吳王濞居之廣陵厲王江都易王並居之盧州古盧子國烈王都之南巢之地尚書曰成湯放桀于南巢壽州楚考烈王都之

事對

南兖 東陽輿地志曰南兖州宋文帝元嘉八年始割江淮間爲境居於廣陵又曰廣陵郡楚漢之際為東陽郡

釣臺 輿浦西征記曰雷陂有臺高二丈南兖州記曰以為吳王濞之釣臺也南兖州記曰輿浦朝夕恒淤濁一朝清澈太守范邈表以為瑞巳上揚州

射陂 鹽瀆漢書曰廣陵王相勝之奏奪王射陂草田賦予貧人又云塩瀆屬臨淮郡巳上楚州

豐浦 苞湖水經注曰江水北合烏江縣之豐浦上通湖池又曰次得陰塘水同受皇后湖湖水連接包湖西翼潭湖

橫津 洞浦吳志曰孫堅經略江東揚州刺史劉繇遣將樊能于糜屯橫津築擊破之魏志曰魏使曹休張遼伐吳出洞口酈元注水經曰江水左對洞口江浦

已上和州 **鵲甫亭** **馬丘聚** 水經注曰鵲甫溪水西北流經鵲甫亭南續漢書云當塗有馬丘聚徐鳳反於此 **禹聚** **秦墟** 帝王紀曰禹會塗山楊州之域當塗縣有禹聚水經注曰洛澗北歷秦墟下注淮 已上濠州 **廬國** **舒城** 應劭注漢書曰廬江郡故廬子國又曰廬江大縣東有舒城 **桐鄉** **巢邑** 漢書曰朱邑為桐鄉嗇夫廉平有恩惠病且死囑其子曰桐鄉人愛我必葬我於桐鄉左傳曰楚為疆城巢與地志曰楚名為巢邑 已上廬州 **趙屯城** **周瑜廟** 水經注曰瑕勇磯東有趙屯城內有倉又曰江水對雷州之北側有周瑜廟 已上舒州 **羊頭澗** **龍泉陂** 水經注曰肥水左合羊頭溪水受芍陂謂之羊頭澗伏滔正淮論曰彼壽陽者視龍泉之良疇万頃 **鏤里** **鼓川** 吳志曰吳使孫綝大發卒屯鏤里水經注曰淝水東北右會蹈鼓川水 **洞臺** **隱室** 黃庭經注曰霍山下有洞臺方二百里有二門其中有五香芝飛華之實水經注曰八公山有隱屋石井 已上壽州 **翻車**

積布 史記曰九江王英布於翻車水北以築翻車城水經注曰江水又東經積布山南俗謂之積布磯 **黃石** **青林** 水經注曰江之右岸有黃石山江水經由其北即黃石之磯又曰江水左得青林口水積為湖謂之青林湖 已上蘄州 **蓼縣** **蔣城** 左傳曰楚公子燮滅蓼杜預注曰安豊有蓼縣又曰蔣郡茅胙祭周公之胤也杜預注曰弋陽期思縣蔣鄉城是也 **弦子都** **虞丘郭** 左傳曰楚人伐弦弦奔黃十三州志曰軑城故弦子都也水經注曰弋陽郡東有虞丘郭南有伍子相廟 並光州 **石城** **天井** 水經注曰師水經石城山山甚高峻又曰義陽郡南十五步對門有天井周百餘步 **九塞** **三關** 淮南子曰何謂九塞大汾冥阨荊阮方城豪阪井陘令疵句注居庸也齊志曰後魏置平靖關於義陽故云義陽有三關之塞此其一焉 已上申州 **楚邑** **新城** 漢水記曰自漢口入二百里得涓口有村入三百里得鄭城楚邑也輿地志曰安陸縣東有新城桓溫征石季龍所築南臨涓水 已上安州 **龜頭山** **龍驤水** 水經注曰

舉水出龜頭山又江之左岸會龍驤水口

沌陽鎮 象山城 水經注曰晉永嘉六年王敦以陶祝爲荊州鎮於沌陽輿地志曰臨江數十里象山上有城吳江夏太守所居也已上沔州

箴 楊雄楊州箴 天矯楊州江漢之滸彭蠡既都陽鳥攸處橘柚羽貝瑤琨篠簜閩越北垠沅湘攸注太伯遜位其吳紹類夫差一誤太伯无祚周室不臣勾踐入朝當周之興越裳重譯春秋之末侯甸畔逆元首不可不思股肱不可不慈堯崇屢省舜盛欽謨牧臣司楊敢告執籌

江南道第十

敘事 江南道者禹貢楊州之域又得荊州之南界 楊州自江已北為淮南道自嶺而南為嶺南道 北距江東除海南至嶺盡其地也蘇州爲吳泰伯之墟 地理志曰吳地斗之分野 泰伯卒仲雍立傳國至曾孫周章武王克殷因而封之也越州爲越夏少康封少子無餘以奉禹祠 地理志曰越地牽牛婺女之分野 潤州春秋之朱方江寧縣楚之金陵邑也吳晉宋齊梁陳六代都之

事對 東府 西州 山謙之丹陽記曰東府城地則晉簡文為會稽王時第東則丞相會稽王道子府道子領楊州故俗稱東府又曰楊州廨王敦所創開東南西三門俗謂之西州

孫陵 蔣廟 丹陽記曰蔣陵因山以爲名吳大帝陵也輿地志曰臺當孫陵曲衍之傍故蔣陵亭亦名孫陵亭丹陽記曰蔣子文為秣陵尉自言已清死當為神為賊所殺故吏忽見子文乘白馬如平生孫權發使封子文而為都中侯立廟鍾山因改爲蔣山已上潤州

扈瀆 鹽田 吳都記曰松江東瀉海口名曰扈瀆輿地志曰扈業者濱海漁捕之名插竹列於海中以繩編之向岸張兩翼潮上即沒潮落即出魚隨潮礙竹不得去名之云扈又曰海濱廣斥鹽田相望吳煑

海為塩即塩官縣境也包山干隧玄中記曰吳西具區澤中有包山有洞庭室戦国策曰越王散
卒三千擒夫差於干隧吳縣西北有地名干隧是也已上蘇州横山長瀆左傳曰楚子重伐吳克鳩
茲至于横山注曰在烏程南横古衡字遅用吳興記曰河口山東濵大溪西帶長瀆若下嵎中吳録
云長城若下酒有名溪南曰上若北曰下若並有村村人取若下水以釀酒醇美勝雲陽吳興記曰風渚南三十里曰嵎中即
嵎山也已上湖州西部東安漢書曰錢塘西部都尉居之吳志曰黃武五年丹陽會稽吳都山寇
攻没諸縣乃分三郡之要害地置東安郡居富春樹呼龜人化鶴異苑曰孫權時獲一
大龜持献吳主夜宿越里繫舡於大桑樹樹呼龜曰元緒奚事尒耶龜曰行不擇日今方見烹雖然盡南山之柴不能潰我幽
明録曰孫鍾以種瓜為業有三少年詣鍾乞瓜曰此山下善可作冢當為定墓鍾隨下山三十步三人悉化成白鶴飛入空中
即孫堅所塟地已上杭州蒼蛟溪白獺穴孔氏志怪云義興有白額獸溪渚長橋有蒼鮫

并周處為三害周處風土記曰長橋下有白獺若將有兵獺出穴口四望而嘷舊言有神横峴長塘
風土記曰峄山多縱石而有大横峴以承衆流輿地志曰洮湖即長塘湖已上常州慈姥舒姑
丹陽記曰江寧南有慈母山積石臨江生簫管竹俗呼為鼓吹山江寧謂之慈姥山在當塗縣北宣城記曰登盖山百步有泉
昔有舒氏女舟父析薪於此山忽坐泉處牽挽不動父遽告家比来唯見清泉湛然因名舒姑泉鼈洲
牛渚江記曰江中有鼈洲長三里与蕪湖洲相接續漢書曰秣陵南有牛渚已上宣州玉山石
蓋郭璞注山海經曰玉山浙江水出其邊輿地志曰歙縣靈山甚高峻有圓石高數丈上有石蓋二礫
三姑輿地志曰黟縣南有五硍二礫兩邊皆壇石中央有溝裁五尺許水甚懸迅礫音歷硍下根反又曰黟縣東有靈
山山有三峯名為三姑山三年一遇野火自燒百姓放火輒降雨不燃已上歙州賀齊城嚴
陵瀨吳志曰吳大帝使賀齊擊黟歙山賊定立新都郡輿地志曰郡城賀齊所創也東觀漢記曰嚴光字子陵耕於

富春後人名其釣處爲嚴陵瀨已上睦州 **銅釜** **石甑** 異苑曰吳時軍士五百人破湖得銅釜發之水
便暴出卽五百人湖也東陽記曰崑崙山頂有一孤石可高三十丈其形似甑人謂之石甑已上婺州 **蓮鑊**
梅池 鄱陽記曰弋陽嶺上多窑岩宋元嘉中有人見其岩石內三鐵鑊鑊各容百斛中生蓮花他人往尋不知所在宋
初山川記曰廣陵縣東有梅池 **夫岡** **子石** 鄱陽記曰鄱陽西有望夫岡昔縣人陳明與梅氏爲姻未
成而妖魅詐迎婦去明詣卜者決云西北行五十里求之明如言見一大穴深邃无底以繩懸入遂得其婦乃令婦先出而明
所將隣人秦文遂不取明其妻乃自誓執志登此岡首而望其夫因以名焉又曰九子石在弋陽水左岸間相去數十步石形
似印已上饒州 **石帆** **玉笥** 會稽志曰射的北有石帆壁立臨水漫石宜山遥望芃芃有似張帆又名
玉笥山又曰石簣山 **鏡水** **銅溪** 輿地志曰山陰南湖縈帶郊郭白水翠岩互相映發若鏡若圖故王
逸少云山陰上路行如在鏡中遊會稽志曰昔歐冶子涸若耶之溪而出銅破赤堇之山而出錫已上越州 **丹洞**

赤城 登真隱訣云赤城山下有丹洞在三十六洞天數其山足丹名山略記云赤城山一名燒山東鄉司命君
所居洞周回三百里上有玉清平天 **金庭** **玉室** 道書曰天台山其上八重視之如一中有金庭不死
之鄉許邁与王逸少書曰自山至臨海多有金堂玉室仙人芝草已上台州 **東甌** **西隗** 漢書曰惠
帝立閩君搖爲東海王都甌永嘉記曰西隗山東接安固西接松陽 **芊峴** **劒峯** 永嘉記曰塵嶺有盧
隈又有芊峴去盧隈二十五里輿地志曰樓石山三石並高百丈杪如劒峯已上括州 **彭澤** **淺源**
漢書彭澤縣屬豫章郡彭蠡澤在西尚書曰過九江至于敷淺源 **廬山** **盆水** 廬山記曰匡俗出於
周威王時生而神靈隱淪潛景廬于此山俗稱廬君故山取号焉潯陽記曰盆水出青盆山因以爲名滯山雙流而右灌潯陽
東北流入江已上江州 **銅精** **劒窟** 豫章記曰西山周回三百里此山時有夜光遠望如火氣輿地
志曰此爲銅之精光也豫章記又曰豐城縣獄後有雷孔章掘神劒窟方七八丈 **然石** **熱泉** 宋永

初山川記曰建城縣西有羊山有然石色黃白而理踈以水灌之便熱可煑物故謂之然石又曰皮縣有熱泉如湯以生物投之須臾爛熟巳上洪州

茨野　落亭 安城記曰昔豫章太守賈萌与安城侯張普爭境戰于新茨之野即茲地也又安城記曰郡渚江川發源同會落亭石上有芝草下有紫磨金

山都　木客 異物志曰廬陵大山之間有山都似人裸身見人便走自有男女可長四五尺能囀相喚常在幽昧之中似魑魅鬼物又曰廬陵有木客鳥大如鵲千百為群不与衆鳥相厠云是木客所化巳上吉州

金雞　石鳫 南康記曰雲都縣有金雞石傍有穴宋永初中見金雞棲翔此穴頗時飛鳴又云覆笥山平湖中有石鳫浮在水每至炎氣代序則飛翔若知感候

松闕　梓潭 輿地志云歸美山有石城高數丈有二石夾左右石形似松■如雙闕南康記曰梓潭昔有梓樹巨圍葉廣丈餘垂柯數畝吳王伐樹作舡使童男女挽之舡自飛下水男女皆溺死至今潭中時有歌唱之音巳上虔州

甘渚　蜜巖 臨川記曰東興人家曾以木甑沉井中乃流出連樊溪甘渚得之此泉穴相通也又

曰五章山絕嵓嶮峭有蜜蜂依之為房其形如笠■者皆懸磴數丈然後得至其所

石人　楓鬼 臨川記曰虛谷東英巨山岩內有石人坐磐石上躰上塵穢則興風濕潤則致雨晴日便辛躰鮮潔朗然玉淨又云麻姑山上人登之有物人形眼鼻口面无臂脚俗名之楓子鬼也巳上撫州

米砂　雪壁 安成記曰鍾山臨水阻峽春夏則湍洑沸涌瀆上白砂如米兩岸各十餘斛呼曰米砂以之候歲若一岸偏饒則其方豊穰殷斌石室記曰第三室高十丈餘者粗相似皆素壁若雪則万象森羅

宜春水　羅霄山 吳錄曰宜春泉水地道記曰宜春縣出美酒隨歲貢上安城記曰羅霄山有石井天旱祠之以木投井中即雨至井溢木出乃雨止巳上袁州

鸚洲　鳳闕 輿地志曰夏口江中有鸚鵡洲武昌記曰城東南角有岡名鳳闕吳時有鳳集之因以為名

鄂渚　樊山 離騷云乘鄂渚而反顧武昌記曰樊口之東有樊山巳上鄂州

湘山　沅水 史記曰秦始皇浮江至湘山水經注曰沅水注洞庭湖中方會於江也

地道　江門 湘中

記曰君山有地道郭璞江賦曰爰有包山洞庭巴陵地道山海
經曰洞庭山帝女居之[redacted]沅澧之交瀟湘之淵是在九江之
門巳上岳州 **樝渚** **橘洲** 湘中記樝渚對岸古城孫權遣程普所立輿地志曰橘洲在郡南對南津
常看如下及至夏水懷山渚洲皆没橘洲獨在 **昭潭** **羽瀨** 湘州記曰岳陽有昭潭其下无底湘水最
深處又曰石子山西有小溪水石映澈名之羽瀨昔閔羽南征頓此山下因以爲名巳上潭州 **青壇** **紫**
蓋 湘州記云祝融峯上有青玉壇方五丈有蓋香[redacted]行道處異苑曰衡山有峯名曰華蓋又一名紫蓋 **寶洞**
仙宮 南岳記云衡山者太虛之宝洞又曰流丹崖南五里得仙人宮道士休粮絕穀身輕清虛便得入此宮巳
上衡州 **菁口** **蘭巖** 湘州記云都溪又西北流入營水謂之菁口王部之神墳記曰蘭嵒山其路危
阻迥絕人迹登其山有石路松林焉杳然便是雲霞中館宇矣 **九疑山** **五會水** 山海經曰
蒼梧之丘九疑之山舜所葬也水經注曰都溪水出舂陵縣左與五溪俱會縣有五山山有一溪五水會於縣門故云都溪巳

上永州 **茹溪** **澧浦** 荊州記曰茹溪源出茹龍山氷極清澈離騷云遺余[redacted]兮澧浦 **天帚**
松梁 荊州圖副記曰天門角上各生倒垂下一竹拂謂之天帚吳録曰松梁山山石間開處容數十丈其高以
弩射之不及其上巳上澧州 **熱石** **温泉** 輿地志曰臨武縣山有熱石置物其上立焦荊州記曰郴
縣温泉下流有田資以溉灌常十二月下種至明年三月新穀便登 **仙人祠** **義帝廟** 輿地
志曰馬嶺山有仙人蘇耽壇耽至孝一朝忽辭母曰受性應仙當違供養涕泗嗚咽百姓立壇祠之湘州記曰郴縣南有義帝
廟百姓祭之漢書曰項羽尊楚懷王以爲義帝巳上郴州 **龍池** **鶴澤** 武陵記曰謝承爲武陵郡守時
有黃龍見於郡東水中拜表上賀因号龍池劉義慶世說曰晉羊祜鎮荊州於江陵澤中得鶴教其舞動以樂賓友 **鼎**
口 **風門** 沅川記曰沅川水名鼎口昔有神鼎出乎其間武陵記曰風門山有石門去地百餘丈將欲風起此
門隱隱有黑氣上須臾有黑風竟[redacted]巳上朗州 **葱嶺** **茗山** 沅川記曰沅川有孤山嵒石崔嵬上有葱

如人所種大時往取援輙断絶請神而求不挽自出武陵記謂之葱嶺荊州圖副曰茗山九[redacted]嶮峻木多杉[redacted]獸多熊豹

龍門　鹿穴 水經注曰有獨母水南出龍門荊州記曰宋元嘉初武漢蛮人射鹿逐入石穴纔容人蛮人入穴見其傍有梯因上梯豁然開朗桑果蔚然行人翱翔亦不以[redacted]此蛮於路斫樹爲記其後茫茫无復髣髴已上辰州

石牀　雲水 湘州記曰文斤山上有石牀方高一丈四面綠竹扶踈當隨風委拂水經注曰邵陵水東會雲泉已上邵州

浪水　舞溪 水經注曰浪水出武陵鐔城北界山谷荊州記謂之浪溪荊州記曰舞溪東流注沅西接牂牁已上巫州

銅柱　石門 周地圖記曰江中有銅柱灘又曰均提東十三里至石門東有石鼓

清臺　神窟 史記曰[redacted]邑寡婦清其先得丹穴家富不訾清能守其業秦皇帝以爲貞婦爲築女懷清臺益州記曰黃葛峽有相思崖芳泉周灌俗謂之神窟已上涪州

牂牁　桂浦 漢武帝平南夷置牂牁郡又曰牂牁郡有桂浦關

天井　石闕 華陽国志曰牂牁郡上當天井故多雨潦又曰且蘭縣西南有地名石潼關已上牂州

箴

漢楊雄潤州箴 洋洋潤州江川秀遠蔣廟鍾山孫陵曲衍江寧之邑楚曰金陵吴晋梁宋六代都興

嶺南道第十一

敘事 嶺南道者禹貢楊州之南境其地皆粵之分 地理志云今蒼梧蔚林合浦交趾九真日本南海皆粵分 自嶺而南至海盡其地 廣州故南海郡秦末南海尉趙佗王有其地

事對

蒲澗　蘭湖 南越志曰熈安縣東北有昌蒲澗咸安中姚成甫嘗澗側遇一丈夫曰此昌蒲安期先生所餌可以忘老又曰番禺北有芝蘭湖並注西海

貪泉　湞水 晋中興書曰舊云往廣州飲貪泉失廉潔之性吴隱之爲刺史自酌貪泉飲之題石門爲詩曰石門有貪泉一歃重千金試使夷齊飲終當不易心漢書曰樓船將軍湯僕出豫章下湞水

二山　八桂 南越志曰番禺縣有番禺二山因以爲名山海經曰桂林有八樹在

番禺東已上廣州潮穴 泉山潮州記曰斯溪西通淮水其穴若井或枯涸弥年或一日十盈十竭
若潮水焉又曰泉山有峭壁高竦連阜涸屬石泉懸注瀑布飛流已上連州錢石 玉山湘州記曰
曲江縣東有泉石山其狀四方若臺榭其南有石三面壁峭其上有錢故謂之錢石又曰曲江縣東有玉山卉木滋茂泉石澄
澗相傳云昔有人采玉處石臺 銀甕始興記曰勞口東岸有石四方而高可百餘仞其狀若臺又曰
林水源出盤石上羅列十甕皆蓋以青盆中悉銀餅有人還之得開觀而不可取取輒失路迷悶欲死已上韶州龍
川 牛嶺漢書曰龍川縣屬南海郡南越志曰羅浮山有石樓右帶牛嶺山左據龍尾已上循州
文貝 錦蚶南越志曰潮陽南有小水注海瀆帶曾山其中多文貝可以解毒輿地志曰龍溪謂之盤
龍蚶青黑色赤帶錦文隨瀆灌水而入于海有毒傷人輒死已上潮州素女 青牛發蒙記曰侯官
謝端曾於海中得一大螺中有美女云我天漢中白水素女天矜卿貧令我爲卿妻南越志綏安縣北有連山昔越王建德伐

木爲舡俱大千石以童男女三十人牽之既而入舡俱墜於潭時聞附舡有唱喚督進之声往往有青牛馳迴与舡俱盖神靈
之至靈江 神草輿地志云從餘姚至海三十里過溫麻江有一洲名靈江道書云霍山上有神草三
十四種已上泉州建安 將樂吳志云永安三年以會稽南郡爲建安郡吳錄云將樂縣屬建安郡
已上建州石室 嵩臺南越志曰高安石室自生風峒南北二門狀若人功意者以爲仙都又曰高要
有竦石廣六十餘丈高二百許仞土人謂之嵩臺已上端州端石 岑珠吳錄曰端溪有端山山有
五色石石上多香水南越志曰端溪俚人岑班入山遇一室珠徑五寸取還夜光明照燭俚人甚懼以火燒之雖小損猶照一
室已上康州香林 綸木南越志曰盆元縣利山上多香林又曰威寧縣有穿州其上多綸木似穀
皮可以爲綿已上岡州蒼梧 班石漢書曰蒼梧郡武帝元鼎六年開輿地志曰廣信縣之壽鄉有
孤嵓嵓有班石石皆五色已上梧州圍洲 合浦交州記曰合浦八十里有圍洲周廻百里漢書曰合

浦郡武帝元鼎六年開已上廣州 **賀水** **富川** 湘州記曰臨水經臨賀縣東又南至郡左合賀水漢書曰富川縣屬蒼梧郡已上賀州 **二鼓** **三田** 輿地志曰後漢周敞爲交趾刺史伐龍山木以爲鼓以下分鼓給桂林郡上分鼓給交趾郡擊一鼓則二鼓皆鳴廣志曰南方地氣暑熱一歲田三熟冬種春熟春種夏熟秋種冬熟已上交州 **蘇嶠** **麻嶺** 南越志曰寧浦郡東南有蘇摩嶠屈璆道理記曰沙麻嶺在寧浦郡南郡即嶺之北垠已上橫州 **樹止** **竹梁** 林邑記曰狼野人居无室依樹宿止南征八郡志曰龔冷縣有大竹數圍實中任屋梁柱覆用之則當瓦已上峯州 **蟻漆** **雞潮** 吳録云居風縣有蟻絮藤人視土中知有蟻因墾發以木皮插其上則蟻出緣而生漆輿地志曰移風縣有潮雞鳴長且清如吹角每潮至則鳴一名林雞 **石坻** **金屐** 南越志曰馬援鑿通九真山又積石爲坻以遏海波由是不復過漲海又曰軍安縣女子趙嫗嘗在山中聚結群黨攻掠郡縣著金[redacted]齒屐恒居象頭鬬戰已上愛州 **咸驩** **都沃** 漢書曰咸

驩縣屬九真郡晉太康地志都沃縣屬九德郡已上驩州 **極外** **海中** 交廣二州記曰珠崖在大海中南極之外吳時復置太守住徐聞縣遙撫之漢書曰武帝立珠崖郡在南方大海中居廣袤千里 **巢居** **椎紒** 廣志云珠崖人皆巢居珠崖傳曰男女皆椎紒或被髮徒跣紒音髻已上崖州 **儋耳** **鏤頰** 漢書曰武帝元鼎六年定越以爲儋耳郡張晏注曰儋耳鏤其頰及上連耳匡分爲數支狀似雞腸纍纍下垂已上儋州 **文魮** **朱鼈** 南越志曰海中有文魮鳥頭尾鳴似磬而生玉又曰海中多朱鼈狀如胏有四眼六脚而吐珠 **騂馬** **水犀** 南越志曰平定縣東巨海有騂馬似馬牛尾一角又云平定縣巨海有水犀似牛其出入有光水爲之開已上高州

箴 **楊雄交州箴** 交州荒裔水与天際越裳是南荒国之外爰自開闢不裏不絣周公攝祚白雉是獻昭王陵遲周室是乱越裳絶貢荆楚逆叛大漢受命中国兼該南海之宇聖武是恢稍稍受羈遂臻黄支牽來其犀航海三万泉竭中虛池竭瀕乾牧臣司交敢告執憲

八卷終

初學記卷第九

帝王部

錫山安國校刊

總叙帝王

叙事 皇者天人之總美大之稱也易緯曰帝者天號也德配天地不私公位稱之曰帝天子者繼天治物改政一統各得其宜父天母地以養人至尊之號也大君者君人之盛也呂氏春秋曰帝者天下之所適王者天下之所往也尚書緯曰帝者天號王者人稱天有五帝以立名人有三王以正度天子爵稱也皇者煌煌也洛書曰皇道鈇故帝者興韓詩外傳曰君者羣也敢羣天下萬物而除其害者謂之君也

天皇項峻始學篇曰天地立有天皇十三頭號曰天靈治萬八千歲洞冥記曰一姓十三人也徐整三五歷紀云歲起攝提元氣肇有神靈一人有十三頭號天皇春秋緯云天皇地皇人皇兄弟九人分九州長天下也遁甲開山圖曰天皇被跡在柱州崑崙山下

地皇始學篇曰地皇興於熊耳龍門山

人皇始學篇曰人皇九頭兄弟各三百歲依山川地之勢財度爲九州各居其一方因是而區別榮氏云人皇兄弟九人生於荊馬山身九色

有巢氏始學篇曰上古皆穴處有聖人教之巢居號大巢氏（皇甫謐以為有巢在女媧之後）遁甲開山圖曰石樓山在琅邪昔有巢氏治此山南　燧人氏尚書大傳曰燧人爲燧皇以火紀禮含文嘉曰燧人始鑚木取火炮生爲熟令人無腹疾遂天之意故爲燧人　太昊庖犧氏帝王世紀曰庖犧氏風姓也蛇身人首有聖德燧人氏没庖犧代之繼天而王首德於木爲百王先帝出於震未有所因故位在東方主春象日之明是稱太昊都陳制嫁娶之禮取犧牲以充庖廚故號庖犧氏是爲犧皇後世音謬故或謂之伏犧或謂之密犧（一解云虙古伏字後誤以虙為宓故曰宓犧）尚書序曰伏犧氏之王天下也始畫八卦造書契以代結繩之政由是文籍生焉詩含神霧曰華胥履大人跡而生伏犧左傳曰伏犧氏以龍紀官　帝女媧氏帝王世紀曰女媧氏亦風姓也承庖犧制度亦蛇身人首一號女希是爲女皇（淮南子曰往古之時四極廢九州裂天不兼覆地不周載女媧鍊五色石以補蒼天斷鼇足以立四極殺黑龍以濟冀州積蘆灰以止滔水）未有諸侯有

共工氏任知刑以強伯而不王以水承木非行
次故易不載及女媧氏沒次有大庭氏柏皇氏
中央氏栗陸氏驪連氏赫胥氏尊盧氏混沌氏
有巢氏朱襄氏葛天氏陰康氏無懷氏凡十五
世皆襲庖犧之號　炎帝神農氏帝王世紀曰
神農氏姜姓也母曰姙姒有喬氏之女名女登
遊於華陽有神龍首感女登於尚羊生炎帝人
身牛首長於姜水有聖德以火承木位在南方
主夏故謂之炎帝都於陳在位百二十年而崩

至榆岡凡八世合五百三十年周書曰神農之
時天雨粟神農耕而種之作陶冶斤斧古史考
炎帝有火應故置官師皆以火爲名陸景典語
曰神農嘗草別穀烝民乃粒食　黃帝有熊氏
帝王世紀曰黃帝少典之子姬姓也母曰附寶
見大電光繞北斗樞星照野感附寶而生黃帝
於壽丘龍顏有聖德受國於有熊居軒轅之丘
故因以爲名得寶鼎與封禪有景雲之瑞故以
雲紀官爲雲師以土德王在位百年而崩年百

一十歲或言壽三百歲故宰我疑以問孔子孔
子曰人賴其利百年而崩人畏其神百年而亡
人用其教百年而移故曰三百年史記曰黄帝
姓公孫氏生而神靈弱而能言代神農氏諸侯
有不從者從而征之未嘗寧居東至海登桓山
及岱宗西至崆峒登雞頭南至江登熊相北逐
獯粥合符釜山而邑于涿鹿之阿遷徙無常行
以師兵爲營衛官名皆以雲采首山之銅鑄鼎
於荆山之上鼎既成有龍垂胡髯下迎黄帝黄

帝上騎羣臣後宫從上七十餘人龍乃上天餘
小臣不得上乃悉持龍髯拔墮黄帝之弓百姓
仰望帝既上天抱其弓與龍髯而號故後代因
名其處曰鼎湖其弓曰烏號　少昊金天氏帝
王世紀曰少昊帝名摯字青陽姬姓也母曰女
節黄帝時有大星如虹下流華渚女節意感而
生少昊是爲玄囂降居江水邑于窮桑以登帝
位都曲阜在位百年而崩古史考曰少昊以金
德王故號金天氏或曰宗師太皞之道故曰少

皞左傳曰其立也鳳鳥適至故紀於官爲鳥師鳳鳥氏歷正也　帝顓頊高陽氏帝王世紀曰顓頊黃帝之孫昌意之子姬姓也母曰景僕蜀山氏女爲昌意正妃謂之女樞金天氏之末瑶光之星貫月如虹感女樞幽房之宮生顓頊於若水首戴干戈有聖德生十年而佐少昊十二而冠二十登帝位以水承金位在北方主冬以水事紀官始都窮桑後徙商丘在位七十八年年九十八歲　帝嚳高辛氏帝王世紀曰帝嚳

姬姓也其母不覺生而神異自言其名曰夋齬齒有聖德年十五而佐顓頊三十而登帝位都亳以木承水在位七十年年一百五歲而崩（陶弘景云在位六十三年年九十二）　帝堯陶唐氏帝王世紀曰堯伊祁姓也母曰慶都孕十四月而生堯於丹陵名曰放勛鳥庭荷勝眉有八采豐下鋭上或從母姓伊祁氏年十五而佐帝摯受封於唐年二十而登帝位以火承木都平陽景星耀於天甘露降於地朱草生於郊鳳凰止於庭厨中自生肉

脯其薄如箑形搖鼓則生風使食物寒而不臭
又有草夾階生隨月而生死名曰蓂莢始堯在
位五十年登舜二十年始老使攝政二十八年
而崩即位九十八年年一百一十八歲　帝舜
有虞氏帝王世紀曰舜姚姓也其先出自顓頊
顓頊生窮蟬窮蟬有子曰敬康敬康生勾芒勾
芒有子曰橋牛橋牛生瞽瞍瞽瞍妻曰握登見
大虹意感而生舜於姚墟故姓姚氏字都君家
本冀州其母早死瞽瞍更娶生象傲而父頑母

嚚咸欲殺舜舜能和諧大杖則避小杖則受年
二十始以孝聞堯以二女娥皇女英妻之耕於
歷山之陽耕者讓畔漁於雷澤漁者讓淵陶於
河濱陶者器不窳堯於是乃命舜爲司徒太尉
試以五典舉八凱八元四惡除而天下咸服遂
納于大麓烈風雷雨弗迷堯乃命舜代已攝政
明年正月舜始受終文祖以太尉行事舜攝政
二十八年而堯崩三年喪畢舜年八十一以仲
冬甲子月次于畢始即真以土承火色尚黃以

正月元日格于文祖申命九官十二牧以禹爲司徒舜年八十一即真八十三而薦禹九十五而使禹攝政攝政五年崩年百歲也尚書曰舜生三十登庸三十在位五十載陟方乃死孔安国注通服堯喪三年其一共三十之數凡壽一百一十一歲

伯禹帝夏后氏帝王世紀曰禹姒姓也其先出顓頊顓頊生鯀堯封爲崇伯納有莘氏女曰志是爲脩己見流星貫昴又吞神珠意感而生禹於石紐名文命字高密長於西羌西夷人也堯命以爲司空繼鯀治水

十三年而洪水平堯美其績乃賜姓姒氏封爲夏伯故謂之伯禹及堯崩舜復命居故官禹年七十四舜始薦之于天薦後十二年舜老始使禹代攝行天子事五年舜崩禹除舜喪明年始即真以金承土都平陽或都安邑年百歲崩于會稽始納塗山氏之女生子啓即位皇甫謐云自禹至桀并數有窮凡十九王合四百三十二年禹一啓二太康三仲康四相五羿六寒浞七少康八杼九槐十芒十一泄十二降十三扃十四廑十五孔甲十六皇十七發十八桀十九

商殷氏帝王世紀曰殷出自帝嚳子姓也主癸之妃曰扶都見白氣貫月

意感以乙日生湯故名履字天乙是謂成湯帝豐下銳上皙而有髯倨身而揚聲長九尺臂四肘有聖德諸侯不義者湯從而征之將伐桀先滅韋顧昆吾遂戰於鳴條之野桀奔于南巢之山湯乃即天子之位以水承金始居亳爲天子十三年百歲而崩湯娶有莘氏女爲正妃生太子丁外丙仲壬太子早卒外丙代立皇甫謐云商之饗国也三十一王是見居位者實三十王而言三十一者兼數太子丁也自湯得位至紂凡六百二十九年成湯一外丙二仲壬三太甲四沃丁五太庚六小甲七雍己八太戊九仲丁十外壬十一河亶甲十二祖乙十三祖辛十四沃甲十五祖丁十六南庚十七陽甲十八盤庚十九小辛二十小乙二十一武丁二十二祖庚二十三祖甲二十四廩辛二十五庚丁二十六武乙二十七太丁二十八帝乙二十九紂三十商書曰成湯既沒太甲元年孔安国注云太甲太丁子湯孫也太丁未立而卒及湯沒而太甲立稱元年謚法殘義損善曰紂敗於牧野懸首白旗從黃帝至紂三十六世紂二十年納妲己二十年囚文王三十年武王觀兵於孟津

周帝王世紀曰周姬姓也文王始脩政三年而天下二分歸之入爲紂三公年十五而生太子發文王九十七而崩太子發代立是爲武王武王二年觀兵至孟津之上四年始伐殷爲天子以木承水自酆徙都鎬武王崩年九十三太子誦代立是爲成王皇甫謐云自剋殷至秦滅周之歲凡三十七王八百

六十七年武王一成王二康王三昭王四穆王五恭王六懿王
七孝王八夷王九厲王十宣王十一幽王十二平王十三桓王
十四莊王十五釐王十六惠王十七襄王十八頃王十九匡王
二十定王二十一簡王二十二靈王二十三景王二十四悼王
二十五敬王二十六貞定王二十七元王二十八哀王二十九
思王三十考王三十一威烈王三十二元安王三十三夷烈王
三十四顯聖王三十五慎靚王三十六赧王三十七

秦氏帝王世紀曰秦嬴
姓也昔伯翳爲舜主畜多故賜姓嬴氏孝襄公
始修霸業壞井田開阡陌天子命爲伯至昭襄
王自稱西帝攻周廢赧王取九鼎至莊襄王滅
東西周莊襄王崩政立爲始皇帝并天下置三
十六郡自以水德故以十月爲正色尚黑使蒙

恬築長城焚詩書百家之言坑儒士四百六十
人三十七年崩于沙丘平臺年五十皇甫謐云自
昭襄王滅周
至子嬰凡四王二帝合四十九年昭襄王一孝文王二莊襄王
三始皇帝四胡亥五子嬰六又帝王世紀曰秦改鎬曰咸陽都
焉為漢驅除不求五運別以水德王秦自始封至滅三十六世
合六百五十年秦顓頊之後也先世造父之為穆王御有功封
之於趙城因為趙氏也弟鄫子
同祖嬴姓也秦亦在木火之間

漢氏火德帝王世紀曰
漢出自帝堯劉姓也豐公生執嘉即太上皇也
太上皇之妃曰媪是爲昭靈后生子邦字季是
爲漢高皇帝秦二世元年諸侯叛秦沛人共立
爲沛公二年入武關至灞上秦王子嬰降項羽

自立爲西楚霸王立沛公爲漢王王巴蜀漢元年還攻雍遂定三秦五年破楚王羽於垓下追斬於東城天下始定春正月楚王韓信等請尊爲皇帝二月即位于定陶氾水之陽都長安十二年崩于長樂宮年六十二初納呂公之女謂之高皇后生太子盈代立按前漢十二帝高祖一惠帝二高后三文帝四景帝五武帝六昭帝七宣帝八元帝九成帝十哀帝十一平帝十二王莽立孺子嬰居攝三年簒位十五年更始立二年皇甫謐曰自高祖元年至更始二年凡得二百三十年

後漢帝王世紀曰光武皇帝出自景帝也名秀字文叔更始元年爲偏將軍破王邑殺王尋誅王郎更始二年立爲蕭王建武元年四月更始降赤眉六月光武即帝位于常山鄗之陽千秋亭都洛陽在位三十二年中元二年二月崩于洛陽南宮年六十三太子莊代立是爲孝明皇帝按後漢書十二帝光武一明帝二章帝三和帝四殤帝五安帝六順帝七冲帝八質帝九桓帝十靈帝十一獻帝十二皇甫謐云自漢元至更始五年二百一十二年自居攝元年至更始二年凡十八年自建武元年至延康元年凡一百九十五年凡漢前後并諸廢帝及王莽合三十一帝四百二十六年

魏氏土德帝王世紀曰魏曹姓也武皇帝諱操字孟德漢建安二十四年進爵爲魏王改二十五

年爲延康元年春正月崩于洛陽年六十六太
子丕代立是爲文皇帝其年冬十月受漢禪改
延康元年曰皇初都洛陽皇初七年崩年四十
皇甫謐云自皇初元年至禪晉之歲凡五帝四十五年文帝一
明帝二廢帝齊王三廢帝高貴鄉公四元帝五案魏文帝初立
號黃初元年黃初二年劉備於蜀稱帝號章武元年立三年而
崩年六十三子禪嗣立二主合四十三年為魏所滅黃初三年
孫權稱吳王於武昌號黃武元年後稱帝立二十一年而崩
年七十子亮嗣位自權至皓四主合五十九年為晉所滅也
晉氏金德晉書曰武皇帝諱炎字安世河內溫縣
人姓司馬氏太始元年升壇受禪禮畢即洛陽
宮追尊宣王爲宣皇帝武帝祖景王爲景皇帝武帝伯父

文王爲文皇帝武帝父大熙元年崩年五十五立二
十六年太子衷嗣是為惠帝案晉書自武帝至恭帝凡一十五
帝合一百六十五年禪于宋也武帝一惠帝二懷帝三愍帝四
已上四朝都洛陽元帝五明帝六成帝七康帝八穆帝九哀帝
十廢帝十一簡文帝十二孝武帝十三安帝十四恭帝十五已
上東朝都建鄴今
潤州江寧縣是也

事對

犧軒 炎昊並見叙事 九舜 十
堯桓範要論曰責公者易雖一賢少謬執難者衆雖九舜猶
亂韓子曰今夫堯舜生而在上位雖有十桀而不能亂者
則勢安也桀紂亦生而在上位雖
有十堯舜而不能化之則勢亂也 白帝 玄王河圖曰白帝朱宣宋
均曰少昊氏也国語曰玄王勤商十有四葉而
興賈逵注曰玄王謂契湯之祖契謂之玄王 雲名 火紀
左傳曰黃帝以雲紀故為雲師而雲
名故曰炎帝以火紀故火師而火名 大庭 少昊譙周古史考曰
大庭氏姜姓以火德王故號曰炎帝皇
甫謐帝王世紀曰少昊帝名摯字青陽 六羽 九翼春秋命歷

序曰人皇九頭駕六羽乘雲谷口河圖曰天皇九翼是名旋復

若水　塗山 呂氏春秋曰帝顓頊生自若水宕處空桑乃登帝位蜀王本紀曰禹母含珠孕禹坼疈而生於塗山

生翼　在房 春秋合誠圖曰赤帝之精生於翼下春秋元命苞曰姬昌蒼帝之精位在房心宋均注曰蒼帝靈威仰

玄鳥　赤龍 列女傳曰簡狄者帝嚳之少妃有娀之女浴於玄丘之水有玄鳥銜卵而墜五色簡狄得而吞之遂生契詩含神霧曰慶都與赤龍合婚生赤帝伊祁堯也

夢日　感星 漢武帝故事曰王皇后內太子宮得幸有娠夢日入其懷尚書帝命驗曰姚氏縱華感樞注曰舜母感樞星之精而生舜重華

繞星　貫月 詩含神霧曰大電光繞北斗樞星照郊野感附寶而生黃帝河圖曰瑤光之星如虹貫月感女樞於幽房之宮生黑帝顓頊也

珠庭　玉理 洛書曰黑帝子湯長八尺一寸珠庭春秋命曆序曰神農戴玉理宋均注曰玉理玉英玉勝也

四乳　八眉 春秋元命苞曰文王四乳是謂含良蓋法酒旗布恩舒明宋均注曰酒者乳也能乳天下布恩之謂也尚

書大傳曰堯八眉八眉者如八字

重瞳　齗齒 春秋元命苞曰舜重瞳子是謂滋涼宋均注滋涼有滋液之潤且清涼光明而多見又曰武王齗齒是謂剛強宋均注曰重齒以為表

龍顏　鳥喙 春秋元命苞曰黃帝龍顏尸子曰禹長頸鳥喙面貌亦惡矣天下從而賢之者好學

望廣　視豐 春秋合誠圖曰蒼帝之為人望之廣視之專而長九尺一寸又曰赤帝之為人視之豐長八尺七寸

鱗身　牛首 王延壽魯靈光殿賦曰伏羲鱗身女媧蛇軀皇甫謐帝王世紀曰有蟜氏女名女登為少典妃遊華陽有神龍首感女登生炎帝人身牛首

戴干　懷斗 春秋元命苞曰帝嚳戴干是謂清明宋均注曰干盾也洛書曰有人出石夷掘地代戴成鈐懷玉斗鄭玄注曰懷璇璣玉衡之道姚氏以禹胷有黑子如北斗

昭華　延喜 尚書大傳曰舜耕於歷山堯妻之以二女屬其九子也贈以昭華之玉尚書璇璣鈐曰禹授啓握玄珪出刻曰延喜之玉受德天賜之佩

握河　沉洛 皇甫謐帝王世紀曰堯舜諸侯羣臣沉璧於洛河受圖書今尚書中候握河紀之篇

是也尚書中候曰朕率羣臣沉璧於洛河良俟于下稷赤光起玄龜負書出赤文成字 金牛 玉馬

孫氏瑞應圖曰金牛瑞器也王者上地開闢則金牛至又曰玉馬者瑞器也王者清明篤賢則至 溫洛 榮

河 易乾鑿度曰帝盛德之應洛水先溫九日乃寒五日变為五色尚書中候曰帝堯即政榮光出河 大君

元后 周易曰大君有命開国承家尚書曰可愛非君可畏非民衆非元后何戴 出震 開階

周易曰帝出乎震齊乎巽春秋孔演圖曰天子皆五帝之精寶各有題序以次運相據起必有神靈符紀使開階立遂 當

宁 置圖 禮記曰天子當扆而立諸侯北面而見天子曰覲天子當宁而立諸公東面諸侯西面曰朝春秋孔演圖曰王者當置圖錄坐旁以自正也 按轡 垂拱 陸子曰三皇垂■五帝■手唐虞按轡禹湯馳

轅雖使周公御衡仲尼促節固不巳也應劭風俗通曰皇天不言四時行焉百物生焉三皇垂拱无為有似皇天故稱曰皇

時乘 或躍 周易曰時乘六龍以御天又曰九四或躍在淵 纂堯 授舜 漢書

高祖述曰皇矣漢祖纂堯之緒實天生德聰明神武禮記曰堯授舜舜授禹湯放桀武王伐紂 擊壤 鼓腹

史曰堯時有老父者擊壤而嬉於路言曰我鑿井而飲耕田而食帝力何有於我哉莊子曰赫胥氏時人居不知所為行不知

所之含哺而嬉鼓腹而遊 垂衣 卷領 易曰黃帝堯舜垂衣裳而治天下盖取諸乾坤淮南子曰古有

鍪頭而卷領以王天下注曰古者盖三皇以前鍪頭著兜帽言未知制冠卷領皮衣屈而袂之如今朝韋襲反攝以為領 鶉

居 掬飲 尸子曰人言居天下者瑤臺九累而堯白屋黼黻九種而堯大布宮中三市而堯鶉居禮記曰塊桴

而土鼓汙樽而抔飲鄭注汙樽抔飲以手掬之 攣領 結繩 晏子曰古者有紩衣攣領而王天下者矣

莊子曰昔者容成氏大庭氏柏皇氏中央氏當是時人結繩而用之以為政 垂筴 委裘 陸子曰三

皇垂筴而五帝擊手呂氏春秋曰堯之官若委裘以言少事 橧巢 營窟 晏子曰古者有處橧巢而

王天下者也禮記曰昔者先王冬則居營窟夏則居橧巢 則地 揆天 黃石公三略曰帝者躰天則地

有言有令而天下太平文子曰
伏犧氏之王天下也功授天地 就日 望霓 大戴禮曰宰
我請問帝堯
孔子曰放勛其仁如天其智如神就之如日望之如雲孟子
曰湯一征自葛載天下信之人望之若大旱之望雲霓也 合
神 順命 七經義綱曰孔子曰天子之德感天地洞八方以
化合神者稱皇德合天者稱帝德合仁義者稱王
春秋元命苞曰天道煌煌非一帝之功王
者赫赫非一家之常順命者存逆命者亡 大德 鴻名 易
曰
天地之大德曰生聖人之大寶曰位何以守位曰仁何以聚人
曰財司馬相如封禪書曰前聖之所以永保鴻名常為稱首者
也 明一 通三 管子曰明一者皇察道者帝通德者王謀
得兵勝者霸董子曰古之人造文字者三
畫而連其中者謂之王三畫者天地與人也連其中通其道
也取其天地與人之才而三通之非三者其孰能若是乎 合
元 順紀 何休注公羊傳曰德合於元者稱皇
大戴禮曰黃帝順天地之紀者也 巍巍 翼
翼 論語曰巍巍乎舜禹之有天下而不與焉何晏注曰美舜
禹已不與求天下而得之也巍巍者高大之貌毛詩曰維

此文王小心翼翼昭事上帝聿
懷多福鄭箋云翼翼小心之貌 赫赫 煌煌 毛詩曰明明
在下赫赫在
上毛萇注曰文王之德明明於下故赫赫然著於天也漢書曰
孝成煌煌臨朝有光威儀之盛如珪如璋禮記曰天子穆穆諸
侯皇
皇 穆穆 乾乾 禮記曰天子穆穆諸侯皇皇易曰九
三君子終日乾乾夕惕若厲无咎 五
德 三統 月令曰立春之日盛德在木其帝太皞夏日盛德
在火其帝炎帝季夏盛德在土其帝黃帝秋日盛
德在金其帝少昊冬日盛德在水其帝顓
頊漢書曰三統者天施地化人事之紀也 步驟 質文 白
虎
通曰三皇步五帝驟三王馳五霸騖 三綱 一統 論語曰
大戴禮曰質文再而變正朔三而改 周因於
殷禮所損益可知也注曰所因謂三綱五常也所損益謂文質
三統也易乾鑿度曰天子者繼天理物致政一統各得其宜父
天母地以養 青丘 丹浦 歸藏啓筮曰蚩尤出自羊水八
人至尊之號 肱八趾疏首登九淖以伐空桑
黃帝殺之於青丘帝王世紀曰有苗處 牧野 阪泉 尚書
南蠻而不服堯征而克之于丹水之浦 曰武

王戎車三百兩虎賁三千人帥紂戰于牧野大戴禮曰軒轅帥赤帝戰于阪泉之野 軒營 周陣 史記曰軒轅邑于涿鹿之阿遷徙无常行以師兵為營衛尚書曰武王伐殷一月戊午師渡孟津癸亥陳于商郊俟天休命 鳳墟 鮪水 韓子曰文王伐崇至黃鳳墟而襪繫解顧无左右令繫文王乃自結之皇甫謐帝王世紀曰武王四年起師而東遂率戎車至鮪水甲子至于商郊 舜戚 軒弧 皇甫謐帝王世紀曰有苗氏負固不服舜乃脩文教三年執干戚而舞之有苗請服易曰神農氏沒黃帝堯舜氏作弦木為弧剡木為矢弧矢之利以威天下蓋取諸睽

親耕 躬稼 呂氏春秋曰神農之教曰士有當年而不耕者則天下或受其飢女有當年而不績者則天下或受其寒矣故身親耕妻親績論語曰禹稷躬稼而有天下 抵璧 藏金 張衡東京賦曰抵璧於俗陸賈新語曰舜藏黃金於嶄嵒之山以杜邪淫之欲 堯廚 舜甑 皇甫謐帝王世紀曰堯廚中自生肉脯其薄如翣形搖鼓則生風使食物寒而不臭名曰翣脯韓詩外傳曰昔舜甑盆无羶而工不以巧獲罪 桔柱

土階 周書曰文王在鄗召太子發曰吾桔柱而茅茨為人愛費墨子曰堯堂高三尺土階三等茅茨不翦采椽不斲 二八 四七 左傳曰舜臣堯舉八凱使主后土以揆百事莫不時序地平天成舉八元使布五教于四方父義母慈兄友弟恭子孝內平外成史記曰儒生強華自關中奉赤伏符來曰劉秀發兵捕不道四方雲集龍鬪野四七之際火為主又張衡西京賦我光武忿之乃龍飛白水鳳翔參墟授鉞四七共工是除欃槍旬始羣凶靡餘 捉髮

吐哺 皇甫謐帝王世紀曰禹一沐三握髮一餐三起班叔皮王命論曰高祖信誠好謀達於聽受當食吐哺納子房之策 虞韶 夏籥 論語曰子在齊聞韶三月不知肉味孔安国注韶舜樂名呂氏春秋曰禹立命皋陶作夏籥九成以昭其功 犧瑟 媧笙 帝王世紀曰伏犧作瑟三十六絃長八尺一寸禮記曰女媧之笙簧 漢筑 虞琴 史記曰高祖還歸過沛置酒沛宮悉召故人父老子弟縱酒發沛中兒得百二十人教之歌酒酣高祖擊筑自為歌詩禮記曰昔舜作五絃之琴以歌南風 經綸 覆露 周易曰雲

雷屯君子以經綸淮南子曰帝者躰太一者紀綱八極經緯六合覆露昭導普施而无私 亭毒 財成
老子曰亭之毒之蓋之覆之王弼注曰亭謂品其形毒謂成其質易曰天地交泰以財成天地之道輔相天地之宜以左右民
蔭檝 推溝 淮南子曰武王蔭暍人於檝下而天下懷之感於恩也桓寬鹽鐵論曰禹稷自布衣思天
下有不得所者若已推而納之溝中 泣辜 扇暍 劉向說苑曰禹出見辜人問而泣之皇甫謐帝王世
紀曰武王自孟津還及于周見暍人王自左擁而右扇之 神輸 人贊 春秋元命苞曰王者往也神之
所輸向人所歸樂范曄後漢書光武贊曰靈慶既啓人謀咸贊明明廟謨赳赳雄斷 貢雉 獻獒 史記
曰周成王時越裳貢白雉尚書曰西旅獻獒注云西戎遠國貢大犬 展義 觀風 左傳曰天子非展義
不巡狩禮記曰命太師陳詩以觀民風 周轍 夏迹 左傳曰楚右尹子革曰昔穆王欲肆其心周行
天下將必有車轍馬迹祭公謀父作祈招之詩以止王心是以獲没於祈宮又曰芒芒禹迹畫為九州 舜旌

堯鼓 管子曰舜有告善之旌而主不蔽也禹立建鼓於朝而備訴訟鄧子曰堯置敢諫之鼓 夏磬
周鞀 劉向說苑曰鬻子曰禹之化天下也以五聲聽門懸磬鐘鐸以待四海之士呂氏春秋曰舜有誹謗之木湯有
司過之士武王有戒慎之鞀猶恐不知己過 獻櫻 薦黍 漢書曰惠帝嘗出遊離宮叔孫通曰古者
春嘗果方今櫻桃熟可獻願陛下出因取櫻桃獻宗廟上許之諸果獻由此興也禮記曰仲夏之月農乃登黍乃以雛嘗黍羞
以含桃先薦寢廟 足履已 手握褒 皇甫謐帝王世紀曰修已山行見流星貫昴夢
接意感生禹於石紐虎鼻大口足文履已孝經援神契曰舜龍顏大口手握褒宋均注曰握褒手中有褒字喻從勞苦受褒飾
致大祚也 得玉曆 佩寶文 干寶搜神記曰虞舜耕於歷山得玉曆於河際之巖舜知
天命在已躰道不倦河圖曰禹既治水功大天帝以寶文大字賜禹佩渡北海弱水之難 醴泉出 祥
風至 尚書中候曰帝堯即政七十載甘露潤澤醴泉出山榮光出河休氣四塞禮斗威儀曰人君政訟平即祥風至

玉龜讖　石馬圖　瑞應圖曰玉龜者師曠時出河東
之涯為聖圖出河負錄讖書王隱
晉書曰懷帝永嘉元年有玉龜出灞水魏氏春秋曰明帝青龍
三年張掖郡[redacted]丹縣金山玄川溢湧石馬負圖狀象靈龜立于
川有石馬七麟
在東鳳在西
紀鳳鳥　舞神魚　左傳曰少昊氏之
立也鳳鳥適至故
紀於鳥孔安国注尚書曰雄曰鳳雌曰凰靈
鳥也漢書宣帝時東浮大河神魚舞於河
御二龍　駕六鳳　括地圖曰禹誅防風夏德盛二龍降之禹使范氏御之
以行春秋命歷序曰辰放大頭四乳在位二百五十年
離光次之號曰皇談銳頭日角駕
六鳳凰出地衡在位二百五十歲
作舟車　為耒耨　班固東都賦曰作舟車造器械斯乃軒轅氏之所以開帝功也
易曰庖犧氏沒神農氏作斲木為耜揉木為耒耨之利以教
天下
建皇極　合天中　尚書洪範曰建用皇極孔安国
注曰皇大也極中也凡立事當
用大中之道春秋運斗樞曰虙犧女媧神農是三皇皇者中也
弘也合天履中開陰布綱上合皇極其施光明煌煌盛美不可
勝
量
含乾元　體太一　桓譚新論曰夫王道之主其德能
載包含以統乾元也文子曰帝者
躰太一王
者法陰陽
法三才　咸一德　淮南子曰帝王者躰太
一者法三才尚書曰惟
尹躬暨湯
咸有一德
皇侔天　帝合地　春秋繁露曰德侔天地
者稱皇皇甫謐帝王世
紀曰功合神者稱皇德合
地者稱帝德合人者稱王
禹孜孜　湯栗栗　尚書曰
禹曰予
思曰孜孜孔安国注曰言已思日孜孜不怠奉成臣功而已又
曰湯既黜夏命復歸于亳作湯誓曰栗栗危懼若將隕于深淵
推五勝　改三正　漢書曰秦兼天下未遑暇也亦頗
推五勝五行相勝秦以周為火水
以勝之大戴禮
曰正朔三而改
禹菲食　湯布衣　孔子曰禹吾无間
然矣菲飲食而致
孝乎鬼神尸子曰湯之救旱也素車白馬布衣
身嬰白茅以身為牲當此時絃歌舞者禁之
堯羹藜　舜飯糗　韓子曰堯之王天下糲粢之食藜藿之
羹孟子曰舜之飯糗茹草若將終身焉
魏虛座

漢側席吳書曰虞翻字仲翔著易甚有大意魏文帝聞翻名為設虛座守之後漢書曰朕思望直士仄席異

聞 歌龍鱗 歎鳳翼傅玄樂府雜歌詩曰鳳有翼龍有鱗君不獨興必須良臣管子

曰桓公在灞管仲隰朋見忽有二鴻飛而過

之公歎曰寡人有仲父猶飛鴻之有羽翼 得六相 有

五臣管子曰昔黃帝得蚩尤明乎大道得太常察乎地利得青■辨乎東方得祝融辨乎南方得大封辨乎西方得

后土辨乎北方黃帝得六相而天下化論語曰舜

有臣五人而天下治孔安国注禹稷契皐繇伯益 有十亂

用三傑武王曰予有亂臣十人亂理也理官者十人周公召公太公畢公榮公大顛閎夭散宜生南宮

适其一人謂文毋也漢書曰高帝云夫運籌於帷幄之中决勝

千里之外吾不如子房鎮国家撫百姓給餉饋吾不如蕭何運

百万之衆戰必勝攻必取吾不如韓信三

者皆人傑吾能用之此吾所以取天下也 拔芻牧 舉行

陣漢書曰上方欲用文武求之如不及始以蒲輪迎枚生見主父而歎息羣士慕向異人並出卜式拔於芻牧弘羊擢

於賈豎班彪王命論曰舉韓信於行陣收陳平於亡命 作承

英雄陳力羣策畢舉此高祖之大略所以成帝業也

雲 和調露呂氏春秋曰帝顓頊令飛龍作效八風之音命之曰承雲樂汁圖徵曰四時之節動靜各

有分職不得相越當以度行謂調

露之樂注曰調露和致於甘露樂 鳳集梧桐 龜出芝

池韓詩外傳曰黃帝即位鳳乃止於帝東園集帝梧桐樹食帝竹實沒身不去魏略曰魏文帝神龜出於靈芝池 東

戶鴈行 西鄰禴祭子思子曰東戶季子之時道上鴈行而不拾遺耕耨餘糧宿諸畝首

易曰東鄰殺牛不如西鄰之禴祭實受其福 烏江追項 赤壁破曹史記曰項

王至東城乃有二十八騎追者數千人欲東渡烏江亭長檥船

待謂項王曰江東雖小地方千里衆數十万亦足王也願大王

急渡今獨臣有船漢軍至无以渡項王笑曰籍與江東子弟八

千渡江而西今无一人還縱江東父老憐而王我我何面目見

之縱彼不言籍獨不愧於心乎蜀志曰曹公南征劉表率將精

騎五千急追先主及於當陽之長坂先主走到夏口遣諸葛亮

自結於孫權與曹公戰於
赤壁大破之焚其舟舡 **周武杖鉞** **漢高提劍** 尚書
曰武王與受戰于牧野甲子昧爽王朝至于商郊左杖黃鉞右
執白旄以麾史記曰高祖擊英布時為流矢所中病呂后迎良
醫醫入高祖嫚罵之曰吾以布衣提三尺劍
取天下此非天命命乃在天雖扁鵲何益 **鴻門謝羽**
溰水敗尋 漢書曰羽至函谷關有兵守不得入聞沛公已
屠咸陽羽大怒使當陽君英擊關羽遂入至戲
西鴻門明日沛公從百餘騎至鴻門謝羽自陳封秦府庫還軍
灞上以待大王閉關以備它盜不敢背德後漢書曰王莽遣王
尋王邑將兵百万圍昆陽光武乃與敢死者三千人衝其中堅
遂殺王尋莽兵大敗走者相騰踐奔殪百餘里間會大雷風屋
瓦皆飛雨下如注溰水盛溢士
卒爭赴溺者万數水為之不流 **周官棫樸** **殷相鹽梅**
毛詩曰棫樸文王能官人也芃芃棫樸薪之槱之毛萇注曰芃
芃木盛也棫白桵也山木茂盛万民得而薪之喻賢人衆多国
家得用蕃興也尚書曰高宗夢得說爰立作相王置諸其左右
命之曰若金用汝作礪若濟巨川用汝作舟楫若作酒醴爾惟

麴蘖若作和羹爾惟鹽梅
君歲大旱用汝作霖雨 **葛天八闋** **虞帝九成** 呂氏
春秋曰昔葛天氏之樂三人操牛尾投足以歌八闋高誘注曰
葛天氏古帝名也投足猶蹀足闋終也尚書曰簫韶九成鳳凰
來儀孔安国注曰韶舜樂名也 **軒皇夔鼓** **漢帝鸞旗**
帝王世紀曰帝舜即有虞氏
皇甫謐帝王世紀曰黃帝於東海流波山得奇獸狀如牛蒼身
无角能走出入水則風雨光如日月其音如雷名曰夔黃帝殺
之以其皮為鼓聞五百里史記曰黃帝號軒轅氏漢書曰文帝
時有獻千里馬者詔曰鸞旗在前屬車在後吉日行五十里馬
獨欲焉往於是還
馬與道里之費 **見窘蘭池** **微行栢谷** 史記曰始
皇帝為微
行與武士四人俱夜出逢盜蘭池見窘武士擊殺盜漢武故
事曰上嘗輕服為微行至栢谷夜投亭長不納乃宿於逆旅 **出**
軫 **吐珠** 尚書帝命驗曰東南紛紛注精紀昌光出軫巳圖
之鄭玄注曰謂劉氏也謂火精當起翼軫之野尚
書考靈耀曰河圖子提期地留赤用藏龍吐珠鄭玄注曰河圖
子劉氏而提起也珠寶物喻道也赤漢當用天之秘道故河龍

吐之**侮人** **樂沛** 漢書王陵曰陛下慢而侮人項羽仁而愛人又曰高祖曰吾雖都長安之後吾魂魄猶思樂沛 **降子嬰** **封雍齒** 史記曰漢元年十月沛公兵先諸侯至霸上秦王子嬰降於軹道漢書曰高祖於未央宮望見諸將於沙中偶語乃先封雍齒人人皆喜曰雍齒且侯吾等无患矣 **貪財貨** **起布衣** 史記曰范增說項羽曰沛公居山東貪於財貨今入關財物无[redacted]取其志不小急擊之勿失荀悅紀曰高祖起於布衣奮劒而取天下 **摠萬廷** **旅五緯** 河圖曰高皇攝正摠万廷四海歸詠理威明文德道化承天精西京賦曰高祖之始入也五緯相叶以旅之于東井 **隱芒澤** **徭咸** **陽** 帝王世紀曰高祖為泗水亭長送徒驪山徒多道亡自度比至皆失盡到豐西澤中止飲夜乃解縱所送徒高祖即自疑亡匿於芒碭山澤岩石之間史記曰高祖常徭咸陽縱觀秦始皇帝喟然太息曰嗟乎大丈夫當如此也 **朱鴈** **白麟** 漢書曰孝武皇帝行幸東海獲赤鴈作朱鴈之歌又曰武帝行幸雍祠五時獲白麟乃作白麟之歌 **芝**

房 **瓠子** 漢書曰武帝元封二年詔曰甘泉之宮中産芝九莖連葉作芝房之歌又曰武帝東巡於海上四月還祠泰山至瓠子臨決命從臣將軍以下皆負薪塞河隄作瓠子之歌 **盛唐** **萬里** 漢書曰元封五年帝南巡至于盛唐又元狩五年禪萬里注曰萬里山名也 **甲帳** **交門** 漢武帝起九間神屋以琉璃珠玉明月夜光雜錯天下珍寶為甲帳其次為乙帳甲以居神乙以上自御之漢書曰元封四年幸不其祠神人于交門宮若有鄉坐拜者作交門之歌 **歷鳴澤** **濟汾河** 漢書曰武帝元封四年北出蕭關歷鹿鳴澤漢武帝秋風詞曰泛樓船兮濟汾河橫中流兮揚素波簫鼓鳴兮發棹歌歡樂極兮哀情多少壯幾時兮柰老何 **出竹宮** **生蘭殿** 漢儀曰郊泰時皇帝平明出竹宮東向揖日其夕西向揖月漢武帝故事曰武帝以乙酉年七月七日生於猗蘭殿 **體亞聖** **慮如神** 張儼默記曰漢光武體亞聖之才執文武畧聰明仁德膺時而出薛瑩漢記曰光武寬容博納計慮如神是以任光竇融望風附影也 **仕金吾**

叅魏畧曰孫權乘大船來觀軍曹公使弓弩亂發箭著其船船偏重將覆權因廻船以輕面受箭箭均船平而去

大口方頤 虞溥江表傳曰孫堅為下邳丞時權生方頤大口目有精光漢獻帝

長上短下 春秋曰張遼問吳降人曰紫髯將軍長上短下是誰答曰是孫會稽

結吳　亂漢 蜀志曰先主遣諸葛亮自結於孫權華陽国志曰漢末雄傑並起先主名微衆鮮建元亂漢弗之鼎跱

棄妻子　失七箸 蜀志曰曹公遣精騎追及先主於當陽之長坂先主棄妻子弟數十騎而走又曰曹公從容謂先主曰天下英雄唯操弟使君耳袁本初之徒不足數也先主方食失七箸

翦芳蘭　乘羽葆 蜀志曰先主將誅張裕諸葛亮請罪先主曰芳蘭當門不得不翦又曰先主舍東南角有桑樹童童如小車盖先主少時弟諸宗兒戲言吾當乘此羽葆盖車

有奇節　與大謀 干寶搜神曰高祖宣皇帝少有奇節聰明多大畧又曰宣帝遷太子中庶子每大謀畫策多善由是為太子所信重

討公孫　迎魏帝 臧榮緒晉書曰遼東太守公孫文懿反詔宣帝討之發自京東都過魏温詔郡守巳下皆會幕次父老故舊讌飲累日王隱晉書曰魏帝詔高平陵曹爽兄弟皆從高祖以爽執政不平廢之起奏事永寧宮悉起營兵及城中餘衆承制發武庫仗開四門出迎魏帝于洛濱奏爽罪也

遷庶子　封舞陽 干寶晉記曰魏国既建高祖遷太子中庶子弟陳羣吳質朱鑠號曰四友又曰天子疾篤帝弟曹真陳羣等見於崇華殿之南堂並受顧命輔政詔太子曰有問此三公者慎勿疑之明帝即位改封舞陽侯

被南國　終北面 臧榮緒晉書曰遼東以諸將献捷交至乃申授前命曰躬擐甲胄龔行天罰掃平區域申威吳會裨贊皇靈被于南国陸士衡晉書曰文帝勢崇於三分而身終乎北面雖曰未暇王業已固矣

忠恕無過言　仁厚有智量 王隱晉書曰武帝少厲高行造次於忠恕未嘗有過言失色於人又曰武帝寛惠仁厚深客有智量

減膳　燒裘 王隱晉書曰武帝太始七年三月詔太官減膳又曰有軑雉頭裘者上曰異服奇裘典制所禁也其於前殿燒裘勑有異服者

依禮致罪

魏禪 吳平 王隱晉書曰咸熙二年魏武禪位于上臧榮緒晉書曰武帝問劉毅曰卿以吾可方漢何帝也對曰可方桓靈帝曰吾德雖不及古人猶克己為政又平吳會一同天下方之桓靈不亦甚乎

頌

顏師古聖德頌 緬尋遐代詳觀往冊五勝質文三正沿革亂多化尠明寡務曠積炎精既淪大運斯斁茫茫率土黷焉巳夕皇矣大聖誕受天符雲飛九域電擊八區共工慝斃豕鹿妖除枝換斯撤攙搶靡餘建武戢刃偃伯鮮車繡奇削衮求瘼恤隱琴瑟更張衙策俱盡蕭堂巳樂[redacted]猶軫翕暍垂仁泣辜流憫吏勉端潔民歸原謹肅恭禋祀祇事上天永惟孝享式備吉蠲外崇耆耋內睦親婣歲時謙纖春秋醴饋氣婺是恤痾瘵斯痊閭閻外户馬牛內[redacted]畎畝相移康莊交讓勿用枹鼓无虞亭障賁納戟人朔班狼望至誠感慶休氣致祥剸擾一角棲集五章草平挺幹朱草曜芳良耜畟畟多稌穰穰囷儲億庾家登万箱旌彼髦彥仗任忠力光被心齊列居槐棘如砥之平如矢之直淑慎微務精明品式菁菁者莪芃芃彼域脩容禮闈翱翔書圃談極五際翫慕三古杳眇義窟恢台學府儒墨兼陳申韓迭去豈資伯亮寧勞封筆德音高朗緜言昭普黃竹

麗章栢梁清引沈欝潛雅疏通遒敏迅抽演闕文網羅遺韻孰登奧室窂窺牆仞妙心洞達神筆允從磔礐新勢奮發奇鋒珪稷鈎婉霧散煙濃竦同企鶴蔚若據龍豈唯於趙信乃過鍾道惟文縱藝兼人術用而不知速而不疾至德无象微言罕述玉裕桂宮金植蘭室禮極敬蔓行歸忠一天下文明日月貞觀百神受職三靈叶贊泰階既平光華常煥超軒跨昊騰周軼漢万壽无疆永延遐筭

李百藥皇德頌 臣聞聖人與天地合其德與日月合其明含吐陰陽之氣彈壓山川之精叶吹万以亭育揔得一而為貞我所以誕膺明命大保鴻名又曰惟皇唐之獨運冠風聲之往初練五氣於圓蓋張四極於方輿定犨雄之逐鹿拯方割之為魚在炎靈之交喪屬皇輿之敗德降薦瘥於上玄恣咆哮於中国无小无大圖帝圖王匹夫匹婦為蟲為賊舉率土而咸棄雖同舟而作慝彼獨夫之肆志何汨典而亂常固違道而滅德寔罔念而作狂始結怨於庶黎終自絕於彼蒼八荒九有山潰川竭天軸且廻地維將絕文章咸盪風雅咸缺在忠良而必焚罄冠冕而同裂或滔天而嫁禍或觸山而作孽極殷區以陸沉盡漢塗而喋血天縱神武景屬上皇自白水而龍躍肇參墟而鳳翔在中塗而聽誦將

再駕而剪商惟神幾之獨運乃撫翼而高驤命蒼兕而臨河曲
殺黑龍而濟輿方指牧野而大誓師鳴條而侮亡又曰惟聖德
之懷遠敷彞倫於絕漠在窮髮而畢冠伊左袵而俱削戎亭虛
譬守大荒之外地險悉平夷中州之■款■會而作貢極遐方
而獻琛薦環裘而委質候風海而歸心周八荒而率俾重九譯
而相尋効猨猊於昧谷維神屏於鄧林應咸池而率舞遊上苑
而懷音竭寶用而咸競聲虛心而畢舉乍鳴觀闕時遊林藪文
表仁義聲諧律呂下神雀於帝臺導甘泉於神渚龜書龍匣河
洛將遊東鮮西鶼云亭載佇其餘藏山祕澤之珍撫實排虛之
侶俱叶契於圖牒差无得而稱序又曰昔天靈之八万千歲姬
周三十六王盖曆数之眇小曾不足以揄揚惟聖朝之期運符
上帝之會昌臣下拜而稽首獻福壽之无疆資卜年而卜曆共
地久而
天長

唐太宗頌

厥初造化人倫既興乃建君長司牧黎
烝肇自爻畫爰代結繩軒昊既謝唐虞
以升後■德衰順時革命三季之末干戈是爭赫矣神武經期
作聖下括九圍上齊七政業統文武勳邁高光何險不濟何患
不攘士女胥悅體厥玄黃斯物之至昭于我王我王覆育資生
懷造配堯登唐方周在鎬翕受敷施明徵定保允迪厥德惟清

帝道帝道欽明天下和平三時不害百穀以成我庚斯積如坻
如京既審而教訟息刑清明明天子令聞不已百姓為心万方
在巳家賴寬政朝稱多士齊一華戎混同書軌東池滇渤西苑
嗢丘八蛮職貢六狄懷柔至德潛洽玄化滂流日慎一日雖休
勿休先天不違靈物效質冊羽儀韶翠黃承繼甘露零草祥風
應律嘉禾醴泉比焉自出符瑞見兮煥圖書壇場設兮望峦輿
至人忘己躰冲虛凝神姑射厭宸居厭宸居叶冥契龍駕升兮
邈遐逝垂玄範兮光來裔弁玄象兮長昭晰飛英聲兮越三代
永錫祚兮
■億載

讚　唐睿宗漢高祖讚

天造草昧雄圖糺紛
赫赫漢祖應若興雲
秦原鹿喪沛澤蛇分
大風一起南面稱君

又晉宣帝讚

仲達猜忌狼顧為人稱
疾迷謬形神不親辛毗
仗節蜀將貽巾委
質北面終為魏臣

又梁武帝讚

惟梁武九五居尊何為
自屈沉冥釋門災興佛寺
兵纏帝闕竟罹
凶逼天道寧論

晉摯虞庖犧讚

昔在上古惟德居位庖
犧作王世尚醇懿設卦
分象開物紀類施
罟設網人用不匱

晉王彪之伏犧讚

悠悠皇犧躰寂神
澄无為而化出道

之疑不知有之宜感自興因應之跡畫象結繩

摯虞神農讚

神農居世通変該極民衆獸勘乃教稼穡聚貨交市草木播植務濟其本不通其飾

晉曹毗黃帝讚

軒轅應玄期幼能揔百神躰統五靈妙氣含雲露津掺石曾城岫鑄鼎荆湖濱谿焉天扉闢飄然跨騰鱗儀轡灑長風褰衣躡紫宸

摯虞黃帝讚

黃帝在位實號軒轅車以行陸舟以濟川弧矢之利弭難消患垂衣而治万国乂安

唐堯讚

唐帝放勛欽明文思惟天為大惟堯則之巍巍蕩蕩万邦雍熙

夏禹讚

決堤疏河刊山數土四隩既宅彛倫攸叙卑宮菲食以寧區宇

殷湯讚

睿也惟商實惟成湯三五迭興含帝稱王

周文王讚

周文翼翼儀形躰教上帝是臨神明是勞東鄰之昏西鄰之曜九有既集以聖易暴

周武王讚

於皇武王天命是鍾七德既躍莫不率從奄清宇宙盪商之蹤

周宣王讚

宣王承衰邦家多阻懲難思理官人以叙山甫補闕方叔禦侮是用中興恢復周宇

漢高祖讚

漢祖明達兼咨權武揔御羣雄剪翕強楚奄正華夏經畧區宇遂登天位纘堯之緒

漢惠帝讚

孝惠内脩親親外禮宰相優寵齊悼趙隱恩敬篤矣聞叔孫通之諫則懼然納曹相国之對而心大悅可謂寛仁之主遭呂太后虧損至德悲夫

漢文帝讚

漢之光大實惟孝文躰仁尚儉克己為君按轡細柳抑尊成軍營兆南原陵不崇墳

述

漢書高祖述

皇矣漢祖纂堯之緒實天生德聰明神武秦人不綱網漏于楚爰茲發跡斷蛇奮旅神母告符朱旗乃舉越蹈秦郊嬰來稽首革命創制三章是紀

文帝述

太祖穆穆允恭玄默化民以躬帥下以德我教如風民應如草国富刑清登我漢道

景帝述

孝景莅政諸侯放命克伐七国王室以定非怠非荒務在農桑著於甲令民用寧康

元帝述

孝元翼翼高明柔克尊禮故老優游亮直外割禁囿内損御服離宮不衛山陵不邑奄尹之訾穢我明德

成帝述

孝成煌煌臨朝有光威儀之盛如珪如璋壼闈恣趙朝政在王炎炎燎火亦允不揚

平帝述

孝平不造新都作宰不伊不周喪我四海

論

唐太宗晉武帝紀論

我皇承基誕膺天命握圖

御寓敷化弘道足以佚道代勞以治易亂絶𦇧綸之貢去雕琢之飾制奢俗以變儉約澆風而反淳雅好直言留心採擢劉毅裴楷以質直見容嵇紹許奇雖仇讎而不棄仁以御物寬而得衆宏略大度有帝王之量焉于時民和俗静家給民足聿脩武用思啓封疆決神筭於深衷斷雄圖於議表馬隆西伐王濬南征師不延時獯虜削跡兵无血刃揚越為墟通近代之不通服前王之不服禎祥顯應風教肅清天地之功成矣霸王之業大矣雖登封之禮讓而不為驕泰之心因斯以起見土地之廣謂万葉而无虞覩天下之安謂千年而永治不知處廣以思狹則廣可長存居治而忘危則治无常治加之建立非所委寄夫才志欲就于升平行先迎於禍亂是猶將適越者指沙漠而導途欲登山者涉舟航而覔路所趣逾遠所向轉難南北倍殊高下相反求其至也不亦難乎況以新附易動之基而无久安難拔之慮故賈充凶豎懷姦志而擁權楊駿豺狼苞禍心以専輔不乎宮車晚出諒闇未周藩翰變親以成疎連兵竟滅於其本棟梁廻忠而起偽擁衆各舉其威曾未數年綱紀大亂以至海内版蕩宗廟播遷帝道王猷反居文身之俗神州赤縣翻成被髮之鄉棄所大以資人掩其小而自託為天下笑其故何哉良由失慎於前所以貽患於後且知子者賢父知臣者明君子不肖則家亡臣不忠則国亂亂国不可以安也亡家不可以全也是以君子防其始聖人閑其端而世祖惑荀勗之姦謀迷王渾之偽策心屢移於衆口事不定於己圖元海當除而不除卒令擾亂區夏惠帝可廢而不廢終使傾覆洪基夫全一人者德之輕拯天下者功之重棄一子者忍之小安社稷者孝之大況乎資二世而成業延三尊以喪之所謂取輕德而捨而功畏小忍而忘大孝聖賢之道豈若斯乎雖則善始於初而鮮令終於末所以殷勤史策不能无慊慨焉

又隋高祖論

夫帝王受命非因衆人所舉既秉便之取不同優劣之勢各異或雄圖内斷英謀外決海納山容如覆如載磊磊落落真帝王者也只如文皇起自布衣臨馭四海欺孤兒以致天下奪寡婦而登神器復留心万姓務從儉約自金陵滅後奢泰日滋起仁壽於五柞移新都於灞岸合浦珠璣填於帑藏江南姬媛納於椒掖仁壽之役万姓力殫雕琢之功中民竭産從渭至灞寧不為勞移故就新理多其弊心隨地廣意逐時驕猜忌无端觸途多諱[redacted]毋夷戮兒毋被誅牝雞晨鳴皇枝勦絶廢長立少付託失人功臣良將誅夷備盡千年不永豈非天乎後

漢班叔皮王命論 在昔帝堯之禪曰咨爾舜天之曆數在爾躬舜亦命禹暨于稷契咸佐唐虞光濟四海奕世載德至于湯武而有天下雖其遭遇異時禪代不同至于應天順民其揆一焉是故劉氏承堯之祚氏族之世著于春秋唐據火德而漢紹之始起沛澤則神母夜號以彰赤帝之符由是言之帝王之祚必有明聖顯懿之德豐功厚利積累之業然後精誠通于神明流澤加於生民故能為鬼神所福饗天下所歸往未見運世无本功德不紀而得倔然在此位者也世俗見高祖興於布衣不達其故以為適遭暴亂得奮其劒遊說之士至比天下逐鹿幸捷而得之不知神器有命不可智力求悲夫此世之多亂臣賊子者也若然者豈徒闇於天道哉又不覩於人事矣夫餓饉流隷饑寒道路思有短褐之襲擔石之蓄所願不過一金終於轉死溝壑何則貧窮亦有命也況天子之貴也四海之富神明之祚可得而妄處哉

晉干寶晉武革命論 史臣曰帝王之興必俟天命苟有代謝非人事也文質異時興建不同故古之有天下者柏皇栗陸以前為而不有應而不求執大象也鴻荒世及以一民也堯舜內禪體文德也漢魏外禪順大名也湯武革命應天人也高光爭伐定功業也各因其運而得天下隨時之義大矣哉古者敬其事則命以始也今帝王受命而用其終豈人事乎其天意乎

又晉紀揔論 史臣曰昔高祖宣皇帝以雄才碩量應運而仕值魏太祖創基之初籌畫軍国嘉謀屢中遂服輿軫驅馳三世性深阻有如城府而能寬綽以容納行任數以御物而知人善采拔故賢愚咸懷小大畢力爾乃取鄧艾於農隙引周泰於行役委以文武各善其事故能西擒孟達東舉公孫淵內夷曹爽外襲王陵神略獨斷征伐四克維御羣后大權在已屢拒諸葛亮節制之兵而東支吳人輔車之勢軍旅屢動邊鄙无虧於是百姓知能大象始構矣世宗承基太祖繼業玄豐亂內欽誕寇外潛謀雖密而在機必兆淮浦再擾而許洛不震咸黜異圖用光前烈然後推轂鍾鄧長驅庸蜀三關電掃劉禪入臣天符人事於是信矣始當非常之禮終受備物之錫名器崇於周公權制嚴於伊尹至於世祖遂享皇極正位居體重言慎法仁以厚下儉以足用和而不弛寬而能斷故民詠惟新四海悅勸矣

祭文

唐太宗祭魏太祖文 夫大德曰生資二儀以成化大寶曰位應五運而遞昌貴賤廢興莫

非天命故龍顏日角顯帝王之符電影虹光表乾坤之瑞不可以智竟不可以力爭昔漢室亙分羣雄岳立夫民離政亂安之者哲人德喪時危定之者賢輔伊尹之臣殷室王道昏而復明霍光之佐漢朝皇綱否而還泰立忠履節爰在於斯帝以雄武之姿當艱難之運棟梁之任同乎曩時臣正之功異于往代觀沉溺而不拯視顛覆而不持乖徇国之情有无君之跡既而三分肇慶黃星之應久彰主卜啓期真人之運斯屬其天意也豈人事乎

陳沈炯祭漢武帝陵文

臣聞喬山雖掩鼎湖之靈可祠有魯遂荒大庭之跡不泯伏惟陛下降德猗蘭纂靈豐谷漢道既登神仙可望射之罘於海浦禮日觀而稱功橫中流於汾河指柏梁而高宴何其甚樂豈不然歟既而運屬上仙道窮晏駕■幄珠簾一朝零落茂陵玉碗遂出人間陵雲故基共原田而膴膴■風餘跡帝陵阜而茫茫羇旅纓臣豈不落淚昔者承明見罷嚴助東歸駟馬可乘長卿西返恭聞故實竊有愚衷黍稷非馨敢望徵福蘋蘩之心空愴魏君雍丘之祠未光夏后瞻仰徽猷伏增悽懼

初學記卷第九

安桂坡館